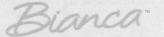

Bianca

Lindsay Armstrong
Una excepción a su regla

HARLEQUIN

Editado por HARLEQUIN IBÉRICA, S.A.
Núñez de Balboa, 56
28001 Madrid

© 2014 Lindsay Armstrong
© 2014 Harlequin Ibérica, S.A.
Una excepción a su regla, n.º 2321 - 16.7.14
Título original: An Exception to His Rule
Publicada originalmente por Mills & Boon®, Ltd., Londres.

I.S.B.N.: 978-84-687-4478-0
Depósito legal: M-12732-2014
Editor responsable: Luis Pugni
Impresión en Black print CPI (Barcelona)
Fecha impresion para Argentina: 12.1.15
Distribuidor exclusivo para España: LOGISTA
Distribuidor para México: CODIPLYRSA
Distribuidores para Argentina: interior, BERTRAN, S.A.C. Vélez
Sársfield, 1950. Cap. Fed./ Buenos Aires y Gran Buenos Aires,
VACCARO SÁNCHEZ y Cía, S.A.

Capítulo 1

DAMIEN Wyatt estaba en su despacho de la planta superior. Llevaba vaqueros, una camiseta caqui y botines de ante, visibles porque tenía los pies encima del escritorio.

Las ventanas estaban abiertas y las rosas del jardín de abajo en flor. También lo estaba el jazmín que trepaba por la fachada. Más allá, tras el muro del jardín, la playa se curvaba alrededor de una acogedora bahía azul. Se oía el ruido de las olas en la playa y se olía la sal en el aire.

–Espera –dijo, con el ceño fruncido–. ¿Cabe la posibilidad de que la señorita Livingstone de la que estamos hablando sea Harriet Livingstone? Porque, si es así, olvídalo, Arthur.

Arthur Tindall, experto en arte y con gusto por la ropa colorida, que llevaba vaqueros y un chaleco azul con elefantes negros sobre una camisa granate, lo miró con confusión.

–¿La conoces? –preguntó desde el otro lado del escritorio.

–No lo sé. Si hay dos Harriet Livingstone, puede que sí –dijo Damien con voz seca.

–Podría haberlas. Dos, quiero decir –replicó Arthur–. Al fin y al cabo, no estamos en África, donde era difícil que hubiera más de un doctor Livingstone apareciendo de repente.

—Te entiendo —Damien sonrió levemente—. ¿Cómo es tu Harriet? ¿Una chica alta y delgaducha, con pelo revuelto y gusto raro en el vestir? —alzó un ceja, inquisitiva.

—Alta, sí —Arthur lo pensó un momento—. Aparte de eso, bueno, no es gorda, y su ropa es... no recuerdo mucho sobre su ropa.

—¿La has visto en persona? —preguntó Damien con cierta ironía.

—Claro —Arthur pensó un instante y se animó—. Te diré una cosa: ¡tiene las piernas muy largas!

—También las cigüeñas —comentó Damien—. No puedo decir lo mismo de mi señorita Livingstone —añadió él—. Quiero decir que, al ser tan alta, es obvio que tiene las piernas largas, pero no sé si eran bonitas, porque estaban tapadas por una especie de falda larga y cruzada, de batik.

La mirada de Arthur se perdió en la distancia como si intentara recordar. Después, parpadeó.

—¡Gafas! —dijo, triunfal—. Grandes, redondas y de montura roja. Además... —frunció el ceño y se concentró— tenía un aire distraído, aunque eso podría ser la miopía, como si su mente estuviera en cosas más importantes, superiores —hizo una mueca.

—Si es la misma chica, chocó conmigo hace unos dos meses —Damien torció la boca con desagrado—. Entonces llevaba unas gafas grandes, redondas y de montura roja —añadió.

—¡Oh, cielos! ¿La del Aston? ¡Oh, cielos! —repitió Arthur.

—Eso es decir poco —Damien lo miró con ironía—.

Solo tenía el seguro obligatorio, y el tanque que conducía apenas sufrió un arañazo.

–¿Tanque?

–Podría haberlo sido: un viejo todoterreno con barras delanteras –Damien encogió los hombros.

–¿Cómo ocurrió?

–Dio un volantazo para evitar a un perro y no fue capaz de rectificar a tiempo –Damien Wyatt tamborileó en el escritorio con los dedos.

–¿Alguien salió herido?

–El propietario del perro lo recuperó en perfecto estado. Ella solo se rompió las gafas.

Hizo una pausa al recordar la discusión de después del accidente y el curioso hecho, curioso porque lo recordaba, de que Harriet Livingstone tenía un par de ojos azules impresionantes.

–Eso no es tan malo –murmuró Arthur.

–Eso no es todo –lo corrigió Damien con acidez–. Yo me rompí la clavícula, y los daños a mi coche, bueno... –encogió los hombros–, el asunto me costó una pequeña fortuna.

Arthur se guardó de comentar que, por mucho que hubiera sido, no habría dejado huella en la enorme fortuna de Damien Wyatt.

–Por tanto, querido Arthur –siguió Damien con sarcasmo–, si hay la menor posibilidad de que sea la misma chica, entenderás que no esté dispuesto a dejarla suelta por aquí.

Arthur Tindall vio algo frío, e incluso sombrío, en los ojos oscuros de Damien, pero decidió que no estaba dispuesto a rendirse sin más.

Fuera o no fuera la misma chica, y parecía que sí, le había prometido a Patricia, su joven, deliciosa y manipuladora esposa, que conseguiría el empleo para su amiga Harriet Livingstone.

–Damien, incluso si es la misma chica, lo que aún no sabemos, es muy buena –se inclinó hacia delante–. La colección de tu madre no podría caer en mejores manos, créeme. Ha trabajado en una de las casas de subastas de arte más prestigiosas del país –agitó la mano para dar énfasis a sus palabras–. Su padre era un reputado restaurador de arte y sus referencias son impecables.

–Aun así, acabas de decirme que tiene un aire distraído –dijo Damien, impaciente–. ¡Y esa mujer se estrelló contra mí!

–Puede que se despiste con otras cosas, pero no en su trabajo. He comprobado que sabe mucho, no solo sobre pintura, sino también sobre porcelana, cerámica, alfombras, miniaturas... todo tipo de cosas. Y tiene experiencia en catalogar.

–Suena a mujer estrella de las antigüedades –comentó Damien, cáustico.

–No, pero es la única persona familiarizada con la mezcla de cosas que coleccionaba tu madre a quien puedo recomendar. La única que podría tener idea de su valor o saber quién podría tasarlas, determinar lo que necesita ser restaurado y hacerlo si es posible, que...

–Arthur, te entiendo –Damien alzó la mano–. Pero...

–Por supuesto –interrumpió Arthur, echándose hacia atrás–, si es la misma chica, es muy posible que nada la convenza para que trabaje para ti.

–¿Por qué diablos dices eso?

Arthur encogió los hombros y cruzó los brazos sobre el chaleco amarillo y negro.

–No dudo que serías bastante desagradable con ella después del accidente.

–Es cierto que le pregunté si había conseguido el carné de conducir en una tómbola –Damien se frotó la mandíbula.

–He oído cosas peores. ¿Eso fue todo?

–Es posible que dijera otras cuantas cosas poco halagadoras. En el calor del momento, claro. Mi coche quedó destrozado. Y mi clavícula.

–Las mujeres no necesariamente ven las cosas de la misma manera. Lo de los coches, quiero decir –Arthur volvió a agitar las manos en el aire–. Aunque un vehículo sea pura excelencia y elegancia, es posible que no las afecte tanto como a un hombre verlo destrozado.

Damien se mordisqueó el labio y levantó el teléfono, que zumbaba discretamente.

Arthur se levantó y fue hacia el ventanal. La vista era fantástica. De hecho, Heathcote, hogar de la dinastía Wyatt, era una propiedad magnífica. Criaban ganado y cultivaban nueces de macadamia en el distrito de Northern Rivers de Nueva Gales del Sur, pero lo que constituía la espina dorsal de su fortuna era la maquinaria agrícola y, últimamente, la maquinaria para la industria minera.

El abuelo de Damien había iniciado la empresa diseñando y fabricando un tractor, pero se decía que Damien había triplicado su fortuna invirtiendo en maquinaria para la minería. Y, en Australia, la industria minera estaba en auge.

Su conexión con los Wyatt se había iniciado gracias al padre de Damien y su interés por el arte. Juntos, habían reunido una colección de la que podían sentirse orgullosos. Hacía siete años, los padres de Damien habían fallecido en el mar cuando su yate se hundió. En consecuencia, él había heredado la colección.

Entonces, había salido a la luz la vasta colección de objetos de arte de su madre, que el resto de la familia había tendido a obviar. Pero Damien había tardado varios años en tomar una decisión al respecto y buscar su consejo.

La primera sugerencia de Arthur había sido que lo empaquetara todo y lo enviara a una empresa apropiada para que lo tasara. Sin embargo, Damien, con el apoyo de su tía, se había negado a que los tesoros de su madre salieran de Heathcote, y le habían pedido que buscara a alguien que hiciera el trabajo allí mismo.

No era tarea fácil, dado que Lennox Head, el pueblo más cercano a Heathcote, estaba muy lejos de Sídney, y bastante de Brisbane y Gold Coast, las ciudades más cercanas.

Por eso, cuando Penny le había presentado a Harriet Livingstone, le había parecido un regalo de los dioses.

Arthur se giró y estudió a Damien Wyatt, que había dado media vuelta a la silla y seguía hablando por teléfono. A sus treinta y un años, Damien era flexible, delgado y poderoso. Medía cerca de metro noventa, era ancho de espaldas y tenía la habilidad de parecer cómodo en cualquier sitio. Algo en él indicaba que, además de que se le daba bien estar al aire libre y batallar con los elementos, dirigir propiedades y todo lo mecánico, le iba bien con las mujeres.

Sin duda, tenía unos bonitos ojos oscuros que, a menudo, destellaban dando pistas de su viva inteligencia y de su personalidad mercurial.

Tal y como había comentado una vez Penny, la esposa de Arthur: no podía decirse que Damien fuera guapo, pero sí que era devastadoramente atractivo y viril.

Tenía el pelo oscuro y fuerte y un poderoso intelecto. Le gustaba salirse con la suya, y, a veces, lo hacía de forma cortante y con irritabilidad como, por lo visto, había comprobado la pobre Harriet Livingstone.

De repente, Arthur se preguntó por qué, si era la misma chica, había permitido que intercediera por ella ante Damien Wyatt. Tenía que haber reconocido el nombre. Y, seguramente, tenía recuerdos muy desagradables del incidente.

Sobre todo, tenía que resultarle muy difícil creer que él le ofrecería el trabajo sabiendo que había destrozado su adorado Aston Martin y hecho que se rompiera la clavícula.

Se preguntó a qué se debía su interés por volver a ver a Damien Wyatt. Tal vez tenía planes ocultos. Tragó saliva cuando se le ocurrió que era posible que planeara, si conseguía el empleo, robar algunos de los tesoros de la colección y huir.

—¡Eh!

Arthur, sobresaltado, volvió al presente y vio que Damien había terminado su llamada y lo miraba interrogante.

—Disculpa —se sentó rápidamente.

—¿Cómo está Penny?

Arthur titubeó. Aunque Damien siempre era extremadamente cortés con Penny, tenía la sensación de que no la miraba con aprobación.

O, tal vez, Damien veía con cierto cinismo que, tras años de soltería, hubiera caído en las redes del matrimonio. Estaba cerca de los cincuenta años y era veinte mayor que Penny.

Pensó que, probablemente, se tratara de eso. Sin embargo, Damien Wyatt no tenía por qué sentirse superior en ese sentido. Aunque no le hubiera sacado veinte años a su esposa, sí tenía un fracaso matrimonial en su pasado, un gran fracaso.

—Arthur, ¿que estás rumiando?

—¡Nada! —se defendió Arthur.

—Pareces estar a kilómetros de aquí —comentó Damien—. ¿Está bien Penny o no?

—Está bien. Muy bien —repitió Arthur. A su pesar, tomó una súbita decisión—. Mira, Damien, he cambiado de opinión respecto a Harriet Livingstone. No creo que sea la persona indicada. Dame unos días y buscaré a otra.

—Ese es un cambio de opinión de lo más repentino —Damien taladró a Arthur Tindall con una mirada penetrante y escrutadora.

—Sí, bueno, pero hasta un ciego vería que es muy improbable que vayáis a llevaros bien, así que... —Arthur dejó la frase inacabada.

—¿Dónde vas a encontrar a alguien a la altura de la señorita Livingstone? —Damien se recostó en su sillón—. ¿O es que habías exagerado sus cualidades? —preguntó con cierta sorna.

—¡Nada de eso! —negó Arthur—. Y no tengo ni idea de donde lo encontraré, pero haré cuanto esté en mi mano.

—La veré —Damien se frotó el mentón.

—Eh, espera un momento —Arthur se irguió, indignado—. ¡No puedes cambiar así de opinión!

—Hace unos minutos, tenías la esperanza de convencerme para que lo hiciera.

—¿Cuándo?

—Cuando dijiste que soy la última persona del mundo para quien ella trabajaría. Tenías la esperanza de que me molestara y despertara mi afán de batalla hasta el punto de hacerme cambiar de opinión –torció los labios–. Y lo he hecho.

–¿Y qué te ha llevado a hacerlo? ¿Tu enorme ego? –preguntó Arthur, tras pensarlo un momento.

–Ni idea –Damien sonrió–. Tráela para que le haga una entrevista mañana por la tarde.

–Damien –Arthur se levantó–, tengo que decir que no puedo dar garantías sobre la chica.

–¿Estás diciéndome que todo lo que me has contado sobre sus antecedentes, referencias y demás eran mentiras? –Damien enarcó las cejas.

–No –negó Arthur–. Comprobé todas las referencias que me dio y son reales, he hablado con ella sobre diversos temas artísticos, como he mencionado, pero...

–Sencillamente, tráela, Arthur –lo interrumpió Damien–. Tráela.

A pesar de haber repetido la orden, tras la marcha de Arthur, Damien Wyatt se quedó inmóvil unos minutos, preguntándose por qué había hecho lo que acababa de hacer.

La única respuesta sensata que se le ocurrió fue que se había sentido obligado a hacerlo, aunque no por nada de lo que había dicho Arthur.

Quizás por curiosidad. Se preguntaba por qué Harriet Livingstone podía querer tener algo que ver con él después de, tenía que admitirlo, lo desagradable que había sido con ella. ¿Tal vez por algún tipo de venganza?

Pensó, con cinismo, que era más probable que fuera un truco para acercarse a él. Razón de más para haberse negado a ver a la chica.

Reflexionó sobre qué otras razones podían haber influido en su proceso mental. ¿Quizás el aburrimiento? Lo dudaba. Tenía bastante entre manos para mantener a seis hombres ocupados. En un par de días iba a viajar al extranjero, y sin embargo...

Su mirada se perdió en la distancia. Aún cabía la posibilidad de que no fuera la misma chica.

A las tres de la tarde del día siguiente, Harriet Livingstone y Arthur Tindall fueron guiados al salón de Heathcote por una alta y angulosa mujer, de pelo corto y gris como el acero. Arthur la llamó Isabel y la besó en la mejilla, pero no la presentó. Arthur parecía preocupado y abstraído.

Damien Wyatt entró del exterior por otra puerta, acompañado por una perra grande.

Dejó las gafas de sol en una mesa auxiliar y le dijo algo a la joven y fuerte lebrel escocesa, que se sentó y, alerta, miró a su alrededor.

—Ah —le dijo Damien Wyatt a Arthur tras estudiar, breve pero exhaustivamente, a Harriet y comprobar que era la misma chica—. Volvemos a encontrarnos, señorita Livingstone. Casi me había convencido de que no sería la misma persona, o de que, si lo era, no vendría.

—Buenas tardes, señor Wyatt —dijo ella con voz casi inaudible.

Damien estrechó los ojos y lanzó a Arthur una mirada interrogante. Como siguió impasible, volvió a centrarse en Harriet Livingstone.

Ese día no llevaba una falda cruzada de batik, sino un vestido de lino azul marino. Ni muy largo, ni muy corto, ni muy apretado, pero hacía que sus ojos parecieran aún más azules. De hecho, el vestido era discretamente elegante, al igual que los zapatos, de cuero azul marino y tacón bajo. Sus labios se curvaron al pensar que ella rara vez se pondría tacones altos. Se preguntó cómo sería para una chica ser igual de alta, si no más, que muchos de los hombres que conocía. Pero no era más alta que él.

Luego estaba su pelo. Largo hasta los hombros, rubio y con tendencia a rizarse, ya no daba la impresión de que la hubieran arrastrado entre zarzales marcha atrás. Estaba recogido con un lazo negro. Su maquillaje era mínimo. De hecho, el conjunto era elegante, clásico y discreto: era fácil imaginársela en un renombrado salón de subastas de arte y antigüedades o en un museo.

Pero, y eso le hizo arrugar la frente en vez de sonreír, la mayor diferencia entre la chica que había chocado con él y la Harriet Livingstone que tenía delante era que ya no estaba tan delgada. Esbelta, tal vez, pero no esquelética.

A pesar de haber pasado de delgaducha a esbelta y de su aspecto más compuesto, era obvio que seguía tan tensa como una cuerda de piano.

También era obvio, sus ojos se ensancharon cuando recorrió su cuerpo de arriba abajo, que tenía unas piernas sensacionales.

—Bueno —dijo—, tenías razón, Arthur, pero vayamos al grano. He colocado algunas cosas de mi madre en el comedor. Por favor, venga y deme su opinión sobre ellas, señorita Livingstone.

Dio un paso, y la perra se levantó y fue hacia él, no sin antes pararse a mirar a Harriet con una curiosidad casi humana. Cuando Harriet devolvió la mirada al animal, parte de su tensión pareció abandonarla.

Al percibirlo, Damien estrechó los ojos.

–Disculpe, olvidé las presentaciones: esta es Tottie, señorita Livingstone. Su nombre completo es mucho más complicado. Algo me dice que le gustan los perros.

–Sí –Harriet extendió una mano para que Tottie la olisqueara–. Es una de las razones por las que lo conocí –murmuró–. Pensé que había atropellado al perro y me quedé paralizada.

Arthur chasqueó la lengua.

–Supongo que eso le pareció peor que matarme a mí, ¿no? –Damien Wyatt parpadeó.

–Claro que no –Harriet Livingstone dejó que Tottie le lamiera la mano–. No fue así. Lo siento, pero no tuve tiempo de pensar en usted ni en nada más, fue todo demasiado rápido.

–Ya. Bueno, será mejor que empecemos ya.

–Si se lo ha pensado mejor, lo entendería –dijo ella con voz educada, pero con un destello poco cortés en la mirada.

«Él no le cae bien», pensó Arthur, frotándose la cara. «Entonces, ¿por qué hace esto?». Pero lo sorprendió aún más la respuesta de Damien.

–Al contrario, después de lo que Arthur me ha contado sobre usted, estoy deseando verla en acción. ¿Me sigue?

Sin esperar su respuesta, salió de la sala seguido por Tottie.

Harriet dejó el exquisito melocotonero de jade en la mesa con un suspiro de placer. Recorrió con la mirada el resto de los tesoros que había sobre la mesa del comedor.

–Son todos fantásticos, su madre tenía un gusto maravilloso. Y muy buen juicio –se quitó las gafas de montura roja.

Damien estaba apoyado en la repisa de la chimenea con los brazos cruzados.

–¿Esas gafas son nuevas o las ha hecho arreglar? –preguntó él, obviando su admiración por la colección de su madre.

Harriet, confusa, lo miró un momento.

–Ah, solo se rompió un cristal, así que pude cambiarlo.

–Gafas rojas –la miró de arriba abajo–. No cuadran mucho con la elegancia contenida de lo demás que lleva puesto, hoy, quiero decir.

–Ah, pero hace que sea más fácil encontrarlas –una leve sonrisa torció los labios de Harriet. Por un momento pensó que él también iba a sonreír, pero su expresión siguió siendo seria. Harriet desvió la mirada.

–¿Cómo las catalogaría? –preguntó, un momento después–. No son más de una décima parte de la colección, por cierto.

–Las fotografiaría en secuencia y escribiría un resumen inicial de cada pieza. Después, cuando todas estuvieran descritas –Harriet entrelazó los dedos– seguramente las organizaría por categorías, sobre todo para localizarlas con más facilidad, y escribiría una descripción más detallada de las piezas, su estado, lo que hubiera descubierto sobre ellas, el trabajo que requeriría su restauración, etcétera. También, si su madre dejó cualquier tipo de recibo o documentación, intentaría casarla con las piezas.

–¿Cuánto cree que tardaría en hacer eso?

–Es difícil decirlo sin ver la colección completa –Harriet encogió los hombros.

–Meses –apuntó Arthur con convicción.

–¿Era usted consciente de que tendría que alojarse aquí, señorita Livingstone? –inquirió Damien–. Estamos en el campo, y quien haga el trabajo tendría que destinar un tiempo excesivo a viajar si no viviera aquí.

–Sí, Arthur me lo explicó. Tengo entendido que hay un viejo establo que ha sido transformado en estudio y tiene un apartamento encima. Pero... –Harriet hizo una pausa– tendría los fines de semanas libres, ¿verdad?

–¿No se lo dijo Arthur? –Damien enarcó una ceja.

–Lo hizo –corroboró Harriet–, pero necesitaba comprobarlo.

–¿Algún novio al que echaría demasiado de menos? –Damien no esperó su respuesta–. Si eso va a ser un problema y va a estar pidiendo días libres para pasarlos con él...

–En absoluto –lo interrumpió Harriet.

–En absoluto, ¿significa que no estaría siempre pidiendo días libres, o que no hay novio? –inquirió Damien. Arthur tosió.

–Damien, creo que no... –empezó a decir, pero Harriet lo interrumpió.

–No importa, Arthur –se volvió hacia Damien–. Permita que le tranquilice, señor Wyatt. No hay prometido, esposo o amantes; resumiendo: no hay nadie en mi vida que pueda distraerme en ese sentido.

–Bueno, bueno –farfulló Damien–, no solo es un ejemplo a seguir en su profesión, sino también en su vida privada.

Harriet Livingstone se limitó a mirarlo pensativamente con sus ojos azul intenso; después, se dio la vuelta y encogió los hombros, como si él fuera un bicho raro al que no entendía.

«Diablos, ¿quién se cree que es?», pensó Damien Wyatt, enderezándose. «No se conforma con destrozar mi coche y lesionarme durante semanas, encima...».

Su pensamiento quedó interrumpido cuando Isabel asomó la cabeza por la puerta y les ofreció el té.

–Muchas gracias, Isabel, pero me temo que no tengo tiempo. Penny quiere que esté en casa a las cuatro –dijo Arthur tras mirar su reloj. Hizo una pausa–. ¿Qué dices tú, Harriet? Hemos venido en dos coches –le explicó a Damien.

Harriet titubeó y miró a Damien.

Él, que estaba concentrado en la esbelta y alta chica, vio que volvía a tensarse y aferraba el bolso con tanta fuerza que sus nudillos se pusieron blancos. Dijo algo que no había esperado decir.

–Si quiere una taza de té, quédese, señorita Livingstone. Además, no hemos terminado con la entrevista.

Ella titubeó y, después, le dio las gracias.

Isabel se retiró, y Arthur, obviamente nervioso, ofreció una larga explicación sobre por qué tenía que volver a casa. Sin duda, no quería perderse el duelo verbal que iba a seguir, pero, por fin, se marchó. Cuando llegó el té, Damien presentó a la mujer como su tía Isabel, y la invitó a unirse a ellos.

–Lo siento –respondió Isabel, dejando la bandeja sobre la mesita de café que había ante el sofá–, pero voy a Lennox a recoger la ropa del tinte. Por favor, excúseme, señorita Livingstone.

Harriet asintió, absorta, e Isabel salió, cerrando la puerta a su espalda.

–No creo que nadie más vaya a interrumpirnos –dijo Damien Wyatt con cierta ironía–. Siéntese y sirva el té.

–Oh, solo hay una taza –comentó Harriet, sentándose y mirando la bandeja.

–Yo nunca bebo té –dijo él con desdén–, así que sirva el suyo y sigamos con la reunión.

Harriet levantó la pesada tetera de plata y vertió un poco de té en el prístino mantel blanco.

Damien maldijo entre dientes y fue a sentarse a su lado.

–Deje la tetera y dígame algo, Harriet Livingstone, ¿por qué está haciendo esto? No, espere.

Levantó la tetera y llenó la taza sin derramar ni una gota. Después, señaló la leche y el azúcar, pero ella negó con la cabeza.

–Me gusta solo, gracias.

Él le puso la taza y el platillo delante y le ofreció una galleta, que parecía casera. Ella volvió a hacer un gesto negativo.

–Puedo dar fe de ellas. Las hace mi cocinero.

–Gracias, pero no. No me gustan los dulces.

Él apartó el cuenco de galletas.

–No parece tan esque..., tan delgada como ese día –se corrigió.

–¿Iba a decir esquelética? –su boca se curvó con media sonrisa–. Supongo que lo estaba. Perdí bastante peso. Pero siempre he sido delgada.

–Discúlpeme –murmuró él–. Pero ¿por qué está haciendo esto?

Harriet titubeó, observando el vapor que salía de su taza de té.

–Es obvio que no me ha perdonado por las cosas que dije ese día –continuó él–. La mayor parte del tiempo, ha estado hecha un manojo de nervios o rezumando hostilidad hacia mí. Lo único que parece relajarla es mi perra o la colección de mi madre.

Calló e hizo una mueca cuando Tottie se levantó y fue a tumbarse a los pies de Harriet.

Harriet lo miró. Con vaqueros, botas y camisa caqui, el pelo revuelto y una sombra azulada en el mentón, parecía el epítome de un hombre de campo. En cambio, cuando había chocado con él, vestido con traje gris, había sido la viva imagen de un hombre de negocios de altos vuelos.

Ella se estremeció involuntariamente. Él había estado enfadadísimo, de forma queda pero mortal.

—Háblame, Harriet —dijo él con firmeza.

Ella tomó un sorbo de té e inspiró con fuerza.

—Necesito un empleo, con urgencia.

—Estás, al menos según Arthur, más que cualificada. ¿Por qué ibas a querer este empleo? —frunció el ceño—. Aunque no tengas un ejército de amantes del que preocuparte, esto sigue estando en el campo, lejos de todo.

—Me viene bien —murmuró Harriet.

—¿Por qué?

Siguió un silencio que se fue alargando hasta que él se impacientó.

—¡Vamos, Harriet!

—Quiero conseguir este empleo —afirmó ella con intensidad—, por mis propios méritos.

—Méritos no te faltan, pero necesito saber más —aseveró él con tono inexpresivo.

—Este tipo de trabajo no crece en los árboles —dijo Harriet tras una larga pausa—. Y resulta que está en el distrito que más me conviene.

—¿Por qué?

–Mi hermano se lesionó gravemente en un accidente de surf. Ahora está en un centro de rehabilitación muy cerca de Lennox Head y Heathcote. Tiene que volver a aprender a andar. Por eso –alzó la vista y sonrió con ironía–, cuando me enteré de este puesto, me pareció la respuesta a todas mis plegarias. Hasta que... –calló bruscamente.

–Hasta que descubriste quién lo ofrecía.

Ella no contestó, pero desvió la mirada.

–Sin embargo, decidiste seguir adelante

–Sí.

–Y supongo que querías asegurarte de tener los fines de semana libres para ver a tu hermano –rezongó él, impaciente–. ¿Por qué no me dijiste eso desde el principio?

–Desde que me enteré de lo del trabajo, he estado hecha un manojo de nervios –admitió ella–. Sería perfecto pero... –encogió los hombros–. Si te soy sincera, eres la última persona del mundo de la que querría aceptar un favor.

–Pero, cuando la necesidad aprieta, manda el diablo –hizo una mueca–. ¿Necesitas el dinero?

–Necesito el dinero –admitió ella con sequedad–. Mi hermano está en un hospital privado de excelente reputación, pero su seguro médico no lo cubre. Y la posibilidad de estar cerca de Brett es una ventaja obvia.

–Entiendo –hizo una pausa y enarcó una ceja–. ¿Se te ha ocurrido pensar que yo conducía tranquilamente ese día cuando, por decirlo así, de repente, me encontré en un infierno?

–Los accidentes ocurren –dijo ella, mirándolo con rabia entre las pestañas

–Sí, pero creo que podrías ser más tolerante conmigo

–dijo él. Vio que ella apretaba los labios–. No, ya veo que no.

«No solo tienes unas pestañas larguísimas, Harriet Livingstone», pensó para sí, «también tienes una boca bien esculpida e increíblemente tentadora». Siguió recorriéndola con la mirada. «Y piel suave como el satén, muñecas delicadas y unas bonitas manos en las que no me fijé la última vez que nos vimos».

Se recriminó interiormente. A pesar de todo lo que no había visto dos meses antes, la maldita chica lo había impresionado; por eso había querido verla de nuevo. Peor aún, ese día lo estaba impresionando aún más, y sabía que eso no llevaría a ningún sitio.

Pero, para ser justo, sabía que no podía negarle el empleo. Iba a tener que pensar en cómo evitar que ella siguiera impresionándolo.

«Piensa en cómo quedó tu pobre coche hasta que lo arreglaron», se dijo.

–Bueno, el trabajo es tuyo si lo quieres –afirmó con brusquedad–. ¿Te gustaría ver el estudio y el piso antes de decidirte?

–No tienes por qué sentir lástima de mí –Harriet apretó las manos sobre el regazo–. Cuando una puerta se cierra, suele abrirse otra.

–Harriet –le advirtió él–. No me gusta que me digan lo que debo o no sentir, pero no te equivoques: no solo siento lástima de ti, como haría la mayoría de la gente dadas las circunstancias, también me siento culpable por las cosas que dije respecto a lo que fue, como bien dices, un accidente.

–Oh...

–Ahora, ¿podríamos acabar con esto? Apenas has probado el té –dijo con frustración.

—Lo dejaré.

Se levantó con tanta precipitación que tropezó con Tottie; se habría dado de bruces con el suelo si Damien no se hubiera lanzado a sujetarla. Siguieron unos momentos de confusión mientras la desenredaba de la perra y de la mesita. Ella acabó en el centro de la habitación, en sus brazos.

—¿No tendrás tendencia a los accidentes, verdad? —preguntó él, incrédulo.

Harriet intentó zafarse pero, aunque no la apretaba, era obvio que no iba a soltarla.

—Yo... sufro síndrome de lado izquierdo —balbuceó ella.

—¿Qué diablos es eso?

—La invención de mi padre para explicar el hecho de que, a veces, soy algo descoordinada.

—Luego sí, con tendencia a los accidentes.

—Puede —encogió los hombros—. ¿Te importaría soltarme?

—Sí, me importaría, aunque solo Dios sabe por qué —los ojos de Damien Wyatt aún chispeaban divertidos—. Para empezar, nunca he sujetado a una chica tan alta como tú, pero me gusta.

—Yo... —Harriet abrió la boca para protestar, pero él bajó la cabeza y empezó a besarla.

El shock pareció incapacitarla para resistirse. Cuando él levantó la cabeza, lo miraba con los ojos de par en par, los labios aún entreabiertos y el corazón desbocado.

—Mmm —pasó las manos por su espalda y la abrazó—. ¡Debía de estar loco cuando pensé que estabas delgaducha, señorita Livingstone!

—Esto es... esto es... —empezó Harriet.

—¿Una locura? —apuntó él.

—Sí —dijo ella, frustrada.

—Es cierto. Por otro lado, ten en cuenta que hemos experimentado muchas emociones...

—¿Qué tiene eso que ver? —interrumpió ella.

—Hemos estado enfadados —siguió él.

—Tú, endiabladamente —comentó ella.

—No tanto, pero tú me odiabas —respondió él—. Supongo que estamos destinados a recorrer toda la gama de sentimientos —y después dijo—: ¿Sabes que tienes unos ojos increíbles?

—Yo... son...

—Y luego está tu piel —deslizó las manos por sus brazos—. Suave y satinada. En cuanto a tus piernas, bueno, yo, en tu lugar, no volvería a ponerme esa falda larga y cruzada —hizo una pausa—. Es un crimen esconderlas.

—Señor Wyatt —masculló Harriet entre dientes—, por favor, ¡cállese y suélteme!

—En seguida. Arthur tenía razón en otra cosa; a veces, tienes aires de superioridad.

—¿Qué quieres decir? —Harriet dejó de zafarse y lo miró con desconcierto.

—Bueno, antes, en el salón, me miraste como si acabara de salir de debajo de una piedra.

—¡No hice eso!

—Es probable que no te des cuenta. De hecho, lo que Arthur dijo es que, a veces, parece que tu mente está centrada en cosas superiores.

—¿Qué significa eso? —Harriet parpadeó.

—¿Tal vez que te consideras por encima del resto de los mortales? —la soltó y retrocedió un paso—. ¿Por encima de la cruda realidad de la vida, el amor y los hombres? Has dicho que no había ningún hombre en tu vida.

Es imposible no preguntarse por qué –encogió los hombros.

Harriet Livingstone rara vez perdía el control, pero, cuando lo hacía, las consecuencias solían ser desastrosas; sobre todo porque utilizaba su gran altura con eficacia. Dio medio paso hacia Damien Wyatt y le soltó una bofetada.

–Oh, cuánto he deseado hacer eso –jadeó con pasión–. Mira quién habla de estar por encima de los mortales... ¡uno que se cree la mar de listo!

Él torció la boca y se tocó la mejilla.

–Caramba, qué estirada –empezó–. Yo...

–No me llames así –le advirtió ella.

–Vale –encogió los hombros, la agarró y volvió a besarla, pero, esa vez, con clara intención. Fue una batalla, no una respuesta pasiva por parte de ella y una mera exploración por la de él–. No, no más ira y odio, Harriet –dijo él cuando alzó la cabeza.

–¿Qué quieres decir?

–Es hora de avanzar. No, no hagas nada, no voy a hacerte daño, pero parece que el destino ha intervenido –movió la cabeza–. Desde luego, lo ha hecho para mí.

Esa vez, antes de besarla, la atrajo y acarició su cuerpo de un modo que hizo que los ojos de ella se ensancharan con un shock muy distinto. Parecía estar provocándole una corriente eléctrica, una ola de sensualidad a la que no podía resistirse.

Después, la soltó, tomó su rostro entre las manos y se miraron a los ojos un largo momento. Inhalar la esencia de Damien Wyatt tuvo un efecto poderoso en Harriet. No solo traía el aire libre al comedor –tenía manchas de sudor en la camisa y el pelo revuelto–, sino también la fuerza física y el aroma de puro macho.

Cuando ella escrutó sus ojos oscuros y sintió sus manos desplazarse por sus caderas con gentileza y destreza, lo vio de otra manera.

Como si viera al hombre que había tras el hombre. Como si, bajo ese exterior picajoso y con tendencia a la irritación, hubiera un hombre que sabía cómo hacer el amor a una mujer de una forma que la excitara y llevara a cometer excesos que no sabía que pudiera alcanzar.

Y, cuando volvió a besarla, por el delicioso cosquilleo que sentía, y que le había sido negado tanto tiempo, porque le gustaban los planos duros de su cuerpo, porque era más alto que ella y porque exudaba algo increíblemente viril, se descubrió devolviéndole el beso.

Se separaron solo un momento. Ambos jadeaban. Damien le soltó el lazo del pelo y hundió los dedos en él. Ella abrió las manos sobre su espalda y sintió la fuerza de sus músculos bajo la camisa.

Volvió a besarla y la abrazó con fuerza, aplastándole los senos contra su pecho.

El ruido de la puerta del comedor al abrirse y un silbido espontáneo devolvieron a Harriet Livingstone y a Damien Wyatt a la tierra.

Al principio, Damien no mostró el menor signo de incomodidad. La soltó con calma y estiró el cuello de su vestido antes de hablar.

–Charlie, esta es Harriet Livingstone. Harriet... –puso las manos en sus hombros– tranquila. Te presento a mi hermano, Charles Walker Wyatt. Es famoso por meterse en sitios que hasta los ángeles temen pisar.

Harriet tragó saliva y levantó las manos para arreglarse el pelo antes de darse la vuelta.

Charles Walker Wyatt no era tan alto como Damien y parecía varios años más joven. Tenía una expresión arrebatada, como si le hubieran dado un coscorrón cuando menos lo esperaba.

—¡Vaya... vaya, Damien! —exclamó él—. Lo último que esperaba encontrarme en el comedor era a ti besando a una chica a la que nunca he visto —se acercó hacia ellos—. Discúlpame —le dijo a Harriet—, por llamarte «chica», no es que no lo seas, pero suena genérico y no pretendía etiquetarte. ¡Para nada! Pero...

—Charlie —hubo una clara nota de advertencia en la voz de Damien.

—¿Damien? —replicó Charlie con expresión inocente—. Dime lo que me está permitido decir y hacer e intentaré no meter la pata.

—Haz lo que cualquiera con un ápice de cortesía o sentido común habría hecho en tu lugar —dijo su hermano—. ¡Retroceder y cerrar la maldita puerta!

Dijo lo último con un tono que hizo a Harriet pensar que a Damien Wyatt sí lo había afectado la intrusión de su hermano.

—Ah —Charlie se frotó la barbilla—. Bueno, pero tengo una idea mejor. ¿Qué tendría de malo que conociera a la señorita Harriet Livingstone? —miró a Harriet con admiración.

—Todo —le espetó Damien—. ¡Vete, Charlie! —añadió con obvia irritación e impaciencia.

Su malhumor no le pasó desapercibido a Charles Walker Wyatt, porque se llevó la mano a la sien y giró sobre los talones.

—Me marcho, señor —dijo, antes de salir.

Damien esperó a que la puerta se cerrara antes de volverse hacia Harriet.

—¿Sabes una cosa? —dijo con amargura—. Cada vez que nos acercamos, ¡acaba fatal!

–Debería irme –Harriet tragó saliva–. Esto nunca funcionaría.

–¿Irte? –rechinó él–. ¿Cómo diablos puedes besar a un hombre así y hablar de irte sin más?

Capítulo 2

EMPEZASTE tú –dijo Harriet. De inmediato, se odió por sonar tan insulsa e infantil–. Quiero decir... –pero le resultaba imposible analizar sus pensamientos, y, más aún, sus emociones.

–Si no hubieras tropezado con la maldita perra, tal vez, no habría empezado –replicó él, irritado–. ¡Da igual! ¿Cómo es que le gustas tanto a Tottie?

–No lo sé –Harriet encogió los hombros con impotencia–. A los perros les caigo bien.

–Mira –la estudió–, siéntate y toma otra taza de té. No, yo la serviré. Espera, tengo una idea mejor –la llevó a la mesa del comedor y sacó una silla–. Siéntate y estudia la incomparable colección de mi madre; eso podría calmarte. Mientras, serviré algo de beber.

Fue hacia el mueble bar.

Harriet inspiró con fuerza y se alisó el pelo con los dedos, pero, como no encontró el lazo, tuvo que dejárselo suelto. Sacó un pañuelo del bolso y se lo pasó por la cara. Entonces, le llamó la atención un exquisito camafeo antiguo de oro rosa y, olvidándose de su aspecto, lo miró con adoración. Damien Wyatt puso una copa de brandy a su lado y se sentó frente a ella con su propia copa en la mano.

–Salud –dijo.

Harriet titubeó.

–No lo pienses; solo bebe –le aconsejó él.

Ella tomó un par de sorbos; sintió el brandy deslizarse por su garganta y cómo crecía en ella algo cálido y luminoso. Tal vez, seguridad. Antes de que pudiera decir algo sensato, habló él.

–¿Cómo de bien conoces a Arthur?

–Muy poco. Conozco mejor a Penny. Coincidimos un tiempo en la universidad, aunque es unos años mayor que yo. Después, nos perdimos la pista hasta que vine a Ballina. Fue una coincidencia asombrosa. Literalmente, choqué con ella –sonrió al ver cómo él enarcaba las cejas–, no como choqué contigo. Fue andando por la acera.

–Me alivia saberlo –sus ojos se iluminaron, divertidos–. Sigue.

–Así que tomamos café y charlamos. Me habló de Arthur y de que se habían trasladado de Sídney a Ballina para escapar del mundo competitivo. Me dijo que había creado un negocio de enmarcación de cuadros y una pequeña galería, y que Arthur seguía dedicándose al arte, por lo visto, él nació aquí.

–Sí. Era amigo de mi padre; más que eso, ayudó a papá a crear su colección.

–Así que le dije que yo también había decidido escapar del mundo competitivo y que buscaba trabajo. Entonces, fue cuando me llevó a conocer a Arthur.

–Ya veo –Damien hizo girar el líquido en la copa–. Así que, ¿ellos no sabían lo de tu hermano?

–No –Harriet pasó el dedo por el borde de la copa antes de tomar un sorbo–. Sé que suena a mentira, pero no me gusta que la gente sienta pena por nosotros.

–¿Qué hacías aquí hace dos meses, cuando chocaste conmigo? –preguntó él, pensativo.

–Iba a ver el centro de rehabilitación. Era la primera vez que estaba en la zona, supongo que era la razón de que estuviera despistada.

–No es como si esto fuera una gran ciudad –comentó él con ironía–. ¿Y ahora vives por aquí? ¿Tu hermano está en el centro de rehabilitación?

Harriet asintió.

–¿Dónde vives?

Ella, titubeante, tomó un sorbo de brandy.

–En un remolque de alquiler, en el camping. Tengo trabajo, de camarera, así que tengo para comer, pero... –calló.

–¿Para poco más? –sugirió él.

Ella miró fijamente la copa de brandy, callada.

–Vale, se acabó el interrogatorio. El empleo es tuyo si lo quieres, pero ¿qué vamos a hacer?

–¿Hacer? –repitió ella.

–¡Sí, hacer! Respecto a lo demás.

–¿Lo demás? –los ojos azules se ensancharon.

–Además de tu tendencia a los accidentes, debes de tener poca memoria. ¿O es que tienes costumbre de ir besando a los hombres así?

La confianza que le habían otorgado los sorbos de brandy se difuminó un poco y abrió los ojos al recordar el apasionado encuentro. Tomó un trago bastante más largo.

–Lo habías olvidado –se maravilló él.

–No. Pero fuimos interrumpidos –respondió ella con descaro–. No sé tú, pero a mí me pareció muy embarazoso. Lo bastante como para que lo demás, bueno... –calló, buscando las palabras correctas.

–¿Se volviera insignificante? –sugirió él con voz seca.

–No exactamente –Harriet tomó otro sorbo–. Pero sí

lo difuminó un poco, no sé si me entiendes –hizo una pausa y encogió los hombros–. Seguramente, le dio la perspectiva correcta.

–¿Y cuál se supone que es?

Ella lo evaluó entre pestañas y pareció decidir que no merecía su consideración.

–Fue algo que ocurrió en el calor del momento, nada más, ¿no? –dijo.

–Sigue –la instó él..

–Bueno –Harriet sintió un escalofrío de aprensión–, tú me insultaste, yo respondí...

–Con un bofetón, me permito recordarte –dijo él con sorna.

–Lo siento –apretó los labios–. Sin embargo, creo que estuvo justificado. Mira... –hizo una pausa– no me sorprendería que siguieras furioso conmigo por lo de tu coche.

–Por no hablar de mi clavícula. Hay cosas que aún no puedo hacer. Pero no sigo furioso –Damien Wyatt cruzó los brazos y se echó hacia atrás, con una sombra creciendo en sus ojos–. Bueno, puede que haya estado algo enfadado, pero ahora estoy más confuso que otra cosa. De hecho, empiezo a preguntarme si estoy alucinando. ¿Me besaste o no como una mujer que estuviera hambrienta de... ese tipo de cosas?

Harriet miró fijamente el camafeo antes de volverse hacia él y responder.

–Puede. Pero es mejor olvidarlo.

–¿Por qué?

–Porque no tengo ninguna intención de liarme contigo, señor Wyatt. Por favor, no te lo tomes como algo personal –se puso en pie–. Soy... soy feliz libre, eso es todo.

Él la miró fijamente. Ella comprendió que no solo era incapaz de leer sus pensamientos, sino que además le molestaba no hacerlo.

No tenía por qué importarle lo que él pensara. La respuesta sensual que había conseguido sacarle se debía a que era experimentado y de mundo, de eso no tenía duda, así que no tenía por qué darle ningún significado especial.

Sin embargo, tenía que asumir cierta responsabilidad por su reacción. ¿Hambrienta? Tal vez, pero no quería ni pensar en ello.

—¿Te importaría que me fuera ahora? Siento haber desperdiciado tu tiempo, pero no creo que pudiera funcionar.

Damien se quedó inmóvil un momento, después, se enderezó, se puso en pie y apoyó los puños en la mesa.

—Sí me importaría, y te diré por qué. No quiero que ocupes sitio en mi conciencia ni un minuto más, Harriet Livingstone.

—¡No me tienes en tu conciencia! —objetó ella.

—Créeme, preferiría que no fuera así, pero...

—¿Qué quieres decir con eso?

—No entiendo por qué otra razón podía haber accedido a verte de nuevo —alegó él.

Harriet entrelazó los dedos, diciéndose que no debería seguir con el tema; pero un demonio la tentó y, en vez de levantarse e irse, habló.

—Si crees que puedo trabajar para ti, tienes que estar loco, señor Wyatt.

Sus miradas se enzarzaron.

—El empleo es tuyo, señorita Livingstone —dijo él con retintín—. Puedes instalarte pasado mañana, para entonces, me habré ido. Pasaré unas semanas, al menos un mes, en el extranjero. Por supuesto, Isabel, que se ocupa de todo cuando no estoy aquí, estará en la casa. Y también Charlie, al menos parte del tiempo. ¿Te mencionó Arthur la compensación económica que consideramos adecuada?

—Sí –Harriet parpadeó.

—Puedes añadir un veinte por ciento de comisión a cualquier objeto que decida vender. ¿Te parece bien?

—Yo... yo... –titubeó de nuevo.

—No tartamudees de nuevo, Harriet –le advirtió él–. Acábate el brandy –ordenó.

—No. Tengo que conducir –ella lo miró con expresión claramente hostil.

—De acuerdo, pero necesito saber si vas a aceptar o no.

Harriet habría dado un mundo por contestar negativamente, pero, si él iba a estar lejos... seguramente podría terminar en un mes si trabajaba día y noche.

—Acepto –musitó con voz queda.

—¿Quieres ver el estudio y el apartamento?

—No –negó ella–. Seguro que están bien.

Él la estudió atentamente, con un destello de curiosidad en los ojos oscuros.

—No sé si eres una excelente académica con la cabeza en las nubes y tendencia a los accidentes, o un exótico manojo de nervios.

—Si te sirve de algo, yo tampoco –Harriet inspiró y se permitió una sonrisa–. Adiós, Tottie –añadió, dándole una palmadita en la cabeza.

Damien Wyatt volvió los ojos al cielo cuando Tottie hizo la mejor escena de adoración que podía representar una perra de tanta alcurnia.

—¡Oh! –exclamó Harriet al mismo tiempo–. Me pregunto dónde he dejado mis gafas.

—Aquí —dijo él, recogiéndolas de la mesa del comedor. Se las dio—. Te acompañaré a la puerta.

—Seguro que sé salir sola —replicó Harriet.

—Nada de eso. Después de ti.

Así que Harriet salió del comedor y al jardín delante de él. Solo había un vehículo aparcado allí: el de ella. Damien lo miró atónito.

—¿Aún sigues conduciendo ese maldito tanque? —preguntó, con incredulidad furiosa.

—Se niega a rendirse —Harriet se sonrojó—. Además, no es mío, es de Brett, mi hermano. Va muy bien sobre terrenos abruptos o arenosos.

—Te creo —Damien lanzó una mirada maliciosa al vehículo y, después, miró a Harriet.

—Bueno, disfruta de tu estancia en Heathcote, señorita Livingstone —sus ojos chispearon con ironía—. No vayas por ahí besando a los hombres mientras sigas siendo feliz libre. Ah, y ten cuidado con Charlie. Es, por decirlo suavemente, un mujeriego.

—¿Será que ha salido a ti? —sugirió ella con voz queda, subiendo a su viejo vehículo y arrancando.

—¿Qué diablos te ha parecido eso? —le preguntó él a la perra cuando el coche se alejó—. Vale, ya sé que estás de su lado, pero no recuerdo haber besado nunca a una chica a la que acababa de conocer.

Lógicamente, Tottie contestó con un bostezo.

Damien Wyatt encogió los hombros. De hecho, hacía mucho tiempo que no besaba a nadie así. Había estado demasiado ocupado y, a decir verdad, era cínico con respecto a las mujeres. Lo que necesitaba, si acaso, era alguien agradable y sin complicaciones, que conociera las reglas del juego y que no esperara campanas de boda, en vez de a una intelectual con tendencia a los accidentes que conducía un vehículo terrible y tenía el descaro de encandilar a su perra.

–¡Me refiero a ti, Tottie! –dijo con severidad, pero la perra no perdió la placidez.

–Claro que siempre podrías vigilarla mientras estoy fuera –añadió Damien–. Solo Dios sabe qué podría hacer con ese «síndrome de lado izquierdo» que alega tener.

–Pido permiso para hablar –dijo Charlie, acercándose a él.

–No empieces, Charlie –aconsejó Damien.

–Se ha ido, por lo que veo –Charlie se detuvo junto a Tottie y a su hermano. Se metió las manos en los bolsillos–. Un vehículo poco usual. Para una chica, quiero decir. Y más aún para una tratante en antigüedades, según dice Isabel.

–Por lo visto, es de su hermano. Escucha, Charlie –le explicó las cualificaciones de Harriet y el acuerdo al que habían llegado–, déjala en paz, ¿de acuerdo?

–¡Por favor! –Charlie pareció ofendido–. ¿Te robaría yo a tu chica?

–Sí –afirmó Damien–. No es que sea mi chica... –calló y maldijo–. Pero tiene un trabajo que hacer y, cuanto antes lo haga, mejor.

–¿Por qué tengo la impresión de que hay un misterio asociado a la señorita Harriet Livingstone? –Charlie arrugó la frente–. Tiene unas piernas impresionantes, por cierto.

–No sé –dijo Damien–. ¿Cuánto tiempo vas a estar aquí?

–Tranquilo, hermano –dijo Charlie con tono alegre–. Tengo que estar en la base dentro de una semana. Por cierto, estás hablando con el teniente de vuelo Charles

Walker Wyatt. Es lo que iba a decirte cuando entré al comedor.

—¡Charlie! —Damien se volvió hacia él—. ¡Enhorabuena! —le estrechó la mano, y luego lo envolvió en un abrazo de oso.

—Sospecho que lo conseguí por los pelos, pero ¡sí!

—Entra y te invitaré a una copa.

—Esa chica tiene algo, Damien —dijo Charlie, pensativo, justo antes de ir a cenar—. Sería fácil perder el norte con ella, ten cuidado.

Damien Wyatt abrió la boca para negar que existiera esa posibilidad, pero volvió a cerrarla.

—Me alegra oírte decirlo, porque, estas últimas horas, me he estado preguntando qué diablos me ocurrió. ¿Tú qué crees que fue?

—No lo sé —Charlie movió la cabeza—. Pero algunas mujeres tienen un aire de reserva con un toque de vulnerabilidad y una pizca de dolor de corazón y ese... —movió su copa— ...algo que no se puede explicar con palabras.

—Ese *je ne sais quoi* —murmuró Damien—. ¿Y percibiste todo eso sobre Harriet Livingstone en menos de dos minutos?

—Una vez, decidí salir con una chica que pasó junto a mí montando en bicicleta —dijo Charlie con expresión de sabiduría—. Solo vi la curva de su mejilla y su brillante pelo castaño flotando a su alrededor, pero fue suficiente. La perseguí en mi coche, la convencí para que metiera la bicicleta en la parte de atrás y almorzara conmigo. Salimos juntos bastantes meses.

—¿Por qué rompisteis? —inquirió Damien con curiosidad.

–Las Fuerzas Aéreas. No podía pasar suficiente tiempo con ella. Pero volvamos a ti. Después de Veronica, bueno... –Charlie encogió los hombros como si no supiera cómo seguir.

–Veronica –repitió Damien, inexpresivo.

–Tu exesposa –aclaró Charlie con generosidad–. Una chica fantástica, por supuesto, pero complicada.

–Lo escondía bien –Damien enarcó las cejas.

–Sin embargo, contigo se encontró con la horma de su zapato –declaró Charlie–. Yo...

–Charlie –dijo Damien con serenidad–, la única razón por la que he dejado que la conversación llegue a este punto es porque me ha alegrado tu ascenso, pero ya basta.

–¡Vale! Pero no digas que no te lo advertí.

–¿No es ese el tipo con quien chocaste? –Brett Livingstone, sentado en una silla de ruedas, en su agradable habitación de la residencia, la miró con expresión preocupada.

Harriet estaba sentada frente a él. Había ido allí desde Heathcote para darle la noticia del empleo que acaba de conseguir. No se lo había mencionado antes por si no funcionaba.

–Sí. Pero eso es agua pasada. El trabajo me encanta e incluye alojamiento.

–¿Estarás segura con él?

–¿Segura? –Harriet lo miró–. Claro que sí.

–Sonaba como un bruto y un matón –dijo Brett con expresión airada.

–Era un coche precioso –Harriet se mordió el labio–. Pero su tía vive allí, su hermano a veces, y hay personal de servicio. Y tiene una perra maravillosa. Se llama Tottie y es de pura raza.

–Incluso un chucho te encantaría, Harry – Brett sonrió al ver la expresión resplandeciente de su hermana.

–Supongo que sí –ella hizo una mueca–. Pero, Brett, el trabajo es el sueño de cualquiera que se dedique a lo mismo que yo –deseó no haberle comentado a su hermano su enfrentamiento con Damien Wyatt–. Y no soy buena camarera –sonrió–. ¿Puedo quedarme a cenar contigo?

–Claro –Brett se echó hacia delante–. Eh... ¿cómo voy a darte las gracias por todo esto?

Harriet nunca había vivido en un remolque antes, pero, tras hacerlo durante varias semanas, estaba convencida de que no tenía una gota de sangre gitana en las venas.

A pesar de que el remolque era moderno y estaba limpio, le parecía claustrofóbico y le costaba dormir en él. Por supuesto, su estado mental en los últimos meses no había ayudado.

Lennox Head estaba en el distrito Northern Rivers de Nueva Gales del Sur. Situado entre los ríos Tweed y Richmond, atraía a surferos de todo el mundo y tenía una maravillosa playa de diez kilómetros de longitud.

Tierra adentro, el campo era verde, fértil y ondulado hasta llegar a la cordillera. En la zona costera, se cultivaba azúcar, y, más al interior, predominaban el café y las manzanas, pero el cultivo más importante del distrito eran las nueces de macadamia. El campo era agradable, poblado de enormes laureles y coloridos arbustos.

Cuando regresó al remolque, Harriet se cambió, fue a dar un paseo y se sentó en un banco. Era una velada tranquila. Oía el ruido de las olas y veía las estrellas, pero no se sentía libre.

Seguía teniendo a Brett en mente.

Tenía veinte años, seis menos que ella, y la madre de ambos había fallecido cuando él era un bebé. Desde que tenía recuerdos, cuidar y preocuparse por su hermano pequeño había sido una forma de vida para Harriet.

Por eso mismo, también empezó a cuidar de su padre en cuanto creció. Hasta su muerte, dos años antes, había sido un hombre delicioso, con sentido del humor, que diseñaba pequeñas sorpresas para sus hijos y les contaba historias maravillosas, pero un desastre en todo lo referente a cosas mundanas como ahorrar y hacer planes de futuro.

En cierto modo, habían vivido día a día; como él decía, los buenos meses eran de langosta, los malos, de tostada. Habían ido de capital en capital, de galería de arte en galería de arte.

Harriet había adquirido gran parte de sus conocimientos sobre antigüedades y arte gracias a su padre. Había compartido la fascinación que él sentía, y muchos de sus recuerdos de infancia eran de visitas a galerías y subastas, y de leer libros de historia del arte con él.

Brett no podía haber sido más distinto de ella. Atlético y enamorado del mar, había optado por convertirse en surfero profesional. Empezaba a hacerse famoso cuando había tenido un grave accidente que, durante un tiempo, había llevado a todos a pensar que no volvería a andar.

Pero andaba, si se podía dar ese nombre a los diminutos pasos que daba, dolido y empapado en sudor. Al menos, estaba recibiendo el mejor tratamiento posible, y Harriet tenía suficientes recursos para que siguiera recibiéndolo.

Eso la llevó a pensar en Damien Wyatt y el increíble giro que habían dado las cosas esa tarde.

Se estremeció al recordarse en sus brazos, y el poderoso efecto sensual que le había provocado.

No entendía cómo podía haberla afectado tanto. Tal vez, solo había respondido a la calidez del contacto humano. Tenía que ser eso, porque se había jurado no volver a enamorarse nunca.

Hizo una mueca al darse cuenta de lo dramático que sonaba eso, y se preguntó si daba la impresión de ser una neurótica. O si tenía imagen de estudiosa académica con tendencia a los accidentes. Y aires de superioridad.

O, tal vez, solo pareciera sola.

Se mordió el labio y parpadeó para librarse de una lágrima inesperada.

Capítulo 3

DOS semanas después, la época en el remolque había empezado a difuminarse y se había amoldado fácilmente a la vida en Heathcote.

El apartamento que había sobre el establo era cómodo y compacto. Tenía una cocina estilo barco muy bien equipada. Harriet era buena cocinera y muy innovadora, y no tardó en tener hierbas aromáticas creciendo en tiestos en los alféizares de las ventanas. Además tenía una encantadora mesa de madera con bancos.

El salón tenía sillones cómodos y vistas al mar. El dormitorio, decorado en tonos violetas y verde tomillo, tenía una enorme cama doble con edredones ligeros y cálidos.

Isabel había confesado ser la decoradora y, también, que se había dejado llevar en el dormitorio. Día a día, se mostraba más amistosa con ella. Era la hermana del padre de Damien y Charlie; nunca se había casado, y era obvio que dirigía la casa y la hacienda con cuidado y afecto.

Le había confiado a Harriet que conocía cada centímetro de la propiedad porque, además de haber crecido en Heathcote, había pasado la mayor parte de su vida allí.

Era indudable que manejaba perfectamente al pequeño ejército de empleados: jardineros, personal de limpieza, mozos de cuadra y un temperamental cocinero. De hecho, le había confesado a Harriet que sospechaba que el cocinero, de Queensland, bebía en exceso, y que lo habría despedido si no alegara tener seis hijos menores de diez años, además de cocinar como un ángel.

Harriet no había tardado en percibir que Isabel adoraba a sus sobrinos. Y, también, que seguía a rajatabla las instrucciones de Damien, lo que descubrió el mismo día de su llegada a Heathcote.

Isabel fue a verla por la tarde, para ver cómo se había instalado, y le dio unas llaves de coche.

–¿Para qué son? –había preguntado Harriet.

–Hay un Holden azul en el garaje. No es nuevo, pero está en buen estado. Puedes utilizarlo mientras estés aquí. De hecho, si me das las llaves de tu coche, haré que lo aparquen en otro sitio.

–¿Esto es cosa de Damien Wyatt? –dijo Harriet con tono inquietante.

–Así es –Isabel hizo una mueca.

–Pues, si cree que puede...

–Tengo órdenes de despedirte si no aceptas el Holden –interrumpió Isabel, dándole una palmadita en el brazo–. Estoy segura de que es más fácil de conducir. Además, parece que a Damien le molesta algo de tu vehículo.

–Eso puedo entenderlo, pero Damien no está aquí –apuntó Harriet.

–Damien siempre está aquí –replicó Isabel con ironía–. Se diría que tiene un sexto sentido sobre lo que ocurre, aunque esté a miles de kilómetros. Por favor –le pidió.

–Si te soy sincera, no puedo evitar pensar que es un poco obseso del control.

–¡Oh, sin duda! –corroboró Isabel–. Más que un poco, la verdad. Pero es... –ladeó la cabeza– un detalle considerado de su parte, ¿no crees?

–Supongo que sí –aceptó Harriet, frunciendo los labios.

Horas después, se estremeció al oírse repetir lo de «detalle considerado» a su hermano Brett, al que había ido a ver conduciendo el Holden azul.

–¿Considerado? –repitió Brody, cuando empujó su silla de ruedas hasta el aparcamiento para que lo viera–. ¿Estás segura de que no le gustas a ese tipo, Harriet?

–Más que... –Harriet hizo una pausa–. Creo que tu coche le recuerda lo que le hice a su adorado Aston Martin con él.

–Pero él no está allí para verlo –objetó Brett.

–Tiene ojos en la nuca, o algo así –dijo Harriet abatida. Se obligó a animarse–. ¿Cómo te va?

–Tengo una fisio nueva –replicó Brett–. Es genial. Cada día ando un poco más.

Harriet estrechó los ojos al captar un tono que hacía mucho que no oía en la voz de su hermano. Cruzó los dedos mentalmente y rezó porque esa fisioterapeuta le diera la chispa que necesitaba.

Otro aspecto de la vida en Heathcote era, por supuesto, Charlie. No pasaba mucho tiempo en la propiedad, pero, si estaba allí, siempre hacía una visita al piso de Harriet. En la tercera de esas visitas, Harriet confirmó lo que había sospechado desde el principio: que Charles Walker Wyatt la trataba de una forma muy extraña.

–Charlie, ¿tengo pinta de ser de Marte? –le preguntó, risueña.

–Marte –repitió él, sobresaltado. Estaba sentado ante la mesa del comedor, mordisqueando una manzana cuando no la miraba de esa forma escrutadora y curiosa–. ¿Por qué dices eso?

–Por la forma que tienes de mirarme y analizar todo lo que digo como si tuviera un significado oculto, o como si yo tuviera algo que no eres capaz de entender.

–Ah –Charlie dio un mordisco a la manzana–. Bueno... –masticó, pensativo–. Supongo que es porque nunca he conocido a alguien como tú.

Hizo una pausa y la estudió pensativo. Llevaba unos pantalones cortos ajustados y un top azul zafiro. Tenía el pelo recogido en lo alto de la cabeza y, con sus gafas de montura roja, estudiaba la receta de lo que pensaba hacerse para cenar. Era un conjunto de lo más normal, pero enfatizaba la esbeltez de su cuerpo y el largo de sus piernas.

Al verla estirarse para bajar una cacerola del armario, Charlie pensó que no era extraño que Damien se hubiera dejado llevar. Aunque estuviera acostumbrado a lo mejor de lo mejor, la señorita Harriet Livingstone tenía algo sutil que llamaba la atención. Se preguntó por qué había prometido dejarla en paz.

–¿Charlie?

La voz de Harriet lo hizo volver al presente. Ella lo miraba fijamente.

–No conozco a nadie que trabaje como tú. ¡Ayer volví a medianoche y seguías trabajando!

–Eso es porque me gustaría acabar el proyecto antes de que tu hermano... –calló de repente.

–¿Antes de que Damien vuelva a casa? ¿Por qué? –preguntó él.

Harriet se encogió de hombros.

–Ladra más que muerde, yo lo sé bien.

–Es posible, pero yo... –calló de nuevo.

–Tienes que haberlo impresionado mucho, créeme –afirmó Charlie–. Suele ser muy reservado con sus cosas. Me puso en mi sitio hace un par de semanas, cuando mencioné a Veronica. Su exesposa –esperó su respuesta.

Harriet se dijo que no mordería el cebo.

–Yo también soy muy reservada –dijo. Al ver la expresión dolida de Charlie, se ablandó–. Mira, fue una de esas cosas. Él estaba furioso conmigo por lo del accidente, y yo con él porque creía que era arrogante y altanero. Todo estalló de repente y... –tomó aire antes de seguir–. Si no le hubiera dado una bofetada, no me habría besado así.

–¡Una bofetada! –Charlie la miró con admiración e incredulidad.

–Sí –admitió Harriet–. No estoy orgullosa de ello, pero me llamó «estirada», y eso no lo tolero. Y no diré más al respecto. Vete, Charlie, por favor. Necesito concentrarme en esta receta.

Era un placer trabajar en el establo reconvertido en estudio. Tenía mucha luz, bancos de trabajo, estanterías, una pila e incluso un microscopio y un ordenador.

Pero, por supuesto, lo otro que hacía que Harriet se sintiera como en casa era Tottie. La enorme perra se convirtió en su constante compañera. Iban de paseo juntas. Bajaban a la playa y visitaban los establos, donde Harriet se había hecho amiga de una de las yeguas, gris y briosa, llamada Sprite.

Stan, el jefe de cuadras, le había ofrecido que montara a Sprite si quería, pero ella había rechazado la invitación y se conformaba con llevarle zanahorias cada tarde.

A veces, Harriet se descubría hablando con Tottie como si fuera un ser humano. A Isabel, eso le hacía mucha gracia.

–Siempre ha sido la perra de Damien –le había dicho a Harriet–, pero pasa mucho tiempo de viaje, así que no lo ve a menudo.

En cuanto a su trabajo en Heathcote, Harriet había insistido en poner en marcha un sistema de doble catalogación de los tesoros de la madre de Damien: Isabel los examinaba primero, escribía su resumen y luego se los pasaba a Harriet.

–¿Pensabas que no confiaríamos en ti? –le había preguntado Isabel, curiosa, cuando le sugirió el método–. Vienes muy recomendada.

–Mejor prevenir que curar –había contestado Harriet–. Así, ambas quedamos protegidas.

Y Arthur, que de vez en cuando iba de visita, había estado de acuerdo.

Tres semanas después de su llegada a Heathcote, un glorioso día de verano, bajó a la playa con Tottie. No había nadie más en casa. Charlie había vuelto a la base e Isabel estaba en Lismore, coordinando un evento benéfico, e iba a pasar la noche en casa de una amiga.

Tottie y ella, solas en la playa, corrieron y jugaron con la pelota hasta que Harriet le gritó que tenía que volver al trabajo.

Pero algo atrajo la atención de la perra, que dejó caer la pelota a los pies de Harriet, gruñó y echó a correr como una flecha.

Harriet se dio la vuelta y descubrió que había un hombre junto a la toalla que había dejado en la hierba, más arriba de la playa; un hombre al que Tottie conocía, porque le puso las patas en los hombros, ladrando de júbilo: Damien Wyatt.

Harriet se quedó paralizada. Tragó saliva al recordar su último encuentro y el insulto que le había lanzado al despedirse.

Desde allí, veía que iba trajeado, como el día del accidente, cuando había estado tan enfadado.

Titubeante, se miró. El biquini de flores limón y lima era razonablemente modesto, pero seguía siendo un biquini; habría preferido llevar un mono o un uniforme de combate para el encuentro.

Sin embargo, no tenía más remedio que caminar por la playa, decirle hola y envolverse en su toalla. Podría decirle algo del estilo «Has vuelto pronto!», o «¡Bienvenido a casa! Estoy disfrutando de Heathcote». Se ordenó dejar de pensar y se puso en marcha, nerviosa.

Iba a mitad de camino cuando Tottie, deleitada, trotó de vuelta hacia ella. No pudo evitar sonreír al ver el entusiasmo de la perra.

–Hola, Damien –lo saludó, más tranquila gracias a Tottie. No tropezó ni cayó al recoger la toalla y ponérsela como si fuera un sarong.

Él llevaba un traje gris con camisa blanca y corbata azul oscuro, pero se había aflojado la corbata y desabrochado el primer botón de la camisa. Tenía las manos metidas en los bolsillos traseros del pantalón.

De repente, Harriet comprendió que se había estado engañando esas últimas semanas al convencerse de que había racionalizado el efecto que Damien ejercía sobre ella.

Más que eso; se había concentrado en los tesoros de su madre y convencido de que ni siquiera estaba pensando en él. Pero, en el fondo, tenía que haber estado ocupando un lugar en su mente todo el tiempo; porque cada íntimo detalle de su apasionado encuentro volvió de repente.

No solo volvieron, sino que la paralizaron; su respiración se entrecortó, y todos sus sentidos se despertaron al mirarlo y pensar en la sensación de su cuerpo junto al de ella, en el deleite que sus manos le habían causado.

Se quedó mirándolo mientras la brisa del mar alborotaba su cabello oscuro, y a ella le ponía la piel de gallina. Estaba sin habla, ensimismada.

Entonces, percibió que él la observaba con la misma intensidad y, con la mandíbula tensa, recorría sus piernas con la mirada.

Tottie acudió al rescate. Saltó a su alrededor, juguetona, como si dijera: ¡«Vamos, vosotros dos, no os quedéis ahí parados!».

Harriet se relajó un poco y sonrió. Lo mismo hizo Damien.

—Espero que mi perra haya cuidado bien de ti —dijo él.

—Ha sido un amiga fiel estas últimas dos semanas —Harriet se escurrió el pelo—. No sabía que volvías a casa.

—No —recorrió su cuerpo con la mirada—. Surgió algo inesperado. Tienes... buen aspecto.

–Gracias –dijo Harriet con voz ronca. Carraspeó y se estiró la toalla–. Tú también.

–Parecemos una sociedad de admiración mutua –sonrió él–. ¿Cómo está tu hermano? –se dio la vuelta y le indicó que volvieran a la casa.

–Progresa bastante, y lo he matriculado como alumno externo en la Universidad Southern Cross, en Lismore.

–¿En qué especialidad?

–Psicología deportiva –hizo una mueca–. Tenía la esperanza de que dejara eso, pero no.

–Es mejor que nada, mucho mejor –comentó Damien.

–Sí... ay –Harriet dejó de andar cuando se le clavó una piedra en el pie descalzo.

–¿Estás bien? –preguntó él.

–¡Sí! –apoyándose en una pierna levantó la otra para examinarse la planta del pie–. No es nada, estaré bien.

–Espera –antes de que ella supiera lo que iba a hacer, la alzó en brazos y puso rumbo al estudio.

–No hace falta que hagas eso –protestó ella.

–Era una oportunidad demasiado buena para dejarla pasar.

–Señor Wyatt...

–¿Señorita Livingstone? –le respondió él–. Sin duda, podríamos dar un paso más... ¿Arriba? –preguntó, cuando llegaron al estudio.

–Bueno, sí, pero...

–Lo que quiero decir con un paso más es que usemos nuestros nombres de pila siempre –dijo él, subiendo las escaleras. La sentó sobre la mesa del comedor y le examinó la planta del pie.

–Bueno, sí –dijo ella, sintiéndose como un disco rayado.

–Bien. No tienes nada en el pie. Es posible que te salga un cardenal, nada más.

–Gracias –Harriet apoyó las palmas en la mesa, sin saber qué decir.

–Vaya –Damien Wyatt hizo una mueca–. Parezco haberte anonadado. ¿Por qué no nos dedicamos a nuestras cosas durante un par de horas y, después, cenamos juntos?

–Pensaba trabajar –Harriet se lamió los labios.

–Di eso otra vez –la miró con frialdad.

–Yo... –se sonrojó, pero solo pudo hacer un gesto de impotencia.

–¿Sigues huyendo, Harriet? –preguntó él con voz suave.

–Yo... No tengo nada de lo que huir –titubeó–. Si no te importa cenar pasta, podrías venir aquí.

–Eso no me lo esperaba –la miró sorprendido.

–Es obvio que tus ideas preconcebidas sobre mí influyen en tu opinión –sus ojos se iluminaron con un brillo retador–. Veamos –empezó a contar con los dedos–. Cabeza en las nubes, tendencia a los accidentes, académica, y, no olvidemos, superior y neurótica. ¡No me extraña que te sorprenda que te invite a cenar!

Él torció los labios como si fuera a contestar, pero cambió de opinión.

–Agradezco la invitación. ¿Alrededor de las seis? Traeré vino. Puedes quedarte –le dijo a Tottie, que pareció compungida al verlo ir hacia la puerta.

Harriet miró la puerta largo rato tras sus marcha. Después, chasqueó los dedos, y Tottie fue hacia la mesa y apoyó el morro en su rodilla.

–Podrías haberte ido con él –dijo, acariciándole la nariz–. Lo entendería. Puede que no le guste que compartas tu lealtad. De hecho, tengo la impresión de que es un hombre duro con un montón de problemas.

Tottie se sentó y golpeó el suelo con el rabo.

Harriet sonrió, bajó de la mesa y miró el reloj de la cocina. Solo tenía una hora para ducharse, cambiarse y preparar la cena.

Pero, cuando llegó al baño, dejó caer la toalla y se miró en el espejo. Cerró los ojos e inspiró profundamente, recordando cada sensación desde que él la había alzado en brazos hasta que la dejó sobre la mesa.

Su fuerza había hecho que se sintiera ligera, a pesar de su altura. El movimiento de sus músculos junto a su cuerpo, el sonido de su corazón latiendo contra ella. El duro torso que había hecho que se sintiera suave y sensual. El aroma varonil que había inhalado con deleite...

Abrió los ojos y se miró, atónita, pensando: «¡Esto tiene que acabar!».

Se dio una ducha apresurada y se puso unas mallas grises estampadas con margaritas blancas y una blusa blanca de mangas abombadas. Se recogió el pelo en la nuca con un lazo rosa y no se molestó en maquillarse; pasear al sol y bañarse en el mar había dado a su piel un tono dorado.

—Esto está delicioso pero, corrígeme si me equivoco, no es pasta —dijo Damien, que había cambiado el traje por vaqueros y camisa informal.

Estaban sentados uno frente al otro en la mesa del comedor, que Harriet había preparado con manteles individuales azules, servilletas de lino a juego y un colorido tiesto de cerámica con hierbas aromáticas como centro de mesa.

—Cambié de opinión –confesó–. Es paella.

—¿Qué lleva?

—Veamos –Harriet apoyó los codos en la mesa y agitó el tenedor entre los dedos–. Pollo y gambas, arroz, azafrán, tomate, cebolla, ajo y guisantes. Creo que hay muchas variedades, pero así es como la hago yo.

—Si me hubieras avisado, habría traído sangría.

—Este beaujolais está muy bueno –comentó Harriet, dejando el tenedor y alzando su copa.

—Gracias. Así que también sabes cocinar –la miró pensativa–. Eres una chica con muchos talentos.

—Creo que ya los conoces todos –comentó ella, irónica–. No creo que naciera para cocinar. Empecé a hacerlo por obligación.

—¿Y eso?

Ella le explicó cómo había crecido.

—Así que por eso eres tan protectora con tu hermano –comentó él–. Creo que, en cierto sentido, soy igual con Charlie. Nuestro padre murió cuando yo tenía diecisiete años. He sido su padre putativo desde entonces –hizo una mueca.

—Charlie es un encanto –dijo Harriet con voz cálida. Apartó su plato y alzó su copa.

—No habrá estado intentando conquistarte, ¿verdad? –Damien estrechó los ojos.

—En absoluto. Ha estado intentando analizarme. Dice que no me parezco a nadie que él conozca. Principalmente, creo –encogió los hombros con vergüenza–, por mi ética de trabajo.

—¿Cómo va el trabajo, por cierto?

—Creo que tardaré una semana más.

–Así que, si las cosas hubieran ido según los planes, habrías terminado antes de mi vuelta.

–Sí –Harriet tomó un sorbo de vino y dejó la copa en la mesa.

–En otras palabras, sigues empeñada en seguir libre de complicaciones, ¿no?

–Ajá –Harriet se levantó, recogió los platos y los llevó al fregadero. Después, abrió el frigorífico y sacó una tarta de limón y merengue. La dejó en la mesa junto con un contenedor de helado.

–Si pretendes aplacarme con eso –dijo él con un brillo divertido en los ojos–, has acertado. No puedo resistirme a la tarta de merengue y limón. Pero no se lo digas al cocinero. Cree que es el único que puede hacer un merengue perfecto. Y, por cierto, estoy en su lista negra.

Harriet lo miró, interrogante.

–Quería guisar para mí esta noche.

–Eres muy popular –dijo ella con una sonrisa ausente. Puso la cafetera, se sentó y le sirvió el postre.

–¿Y tu postre? Ah, claro –dijo–. No te gustan los dulces.

Ella asintió, y él comió en silencio.

–¿Sabes una cosa? No has tropezado ni derramado nada en toda la noche, lo que significa que estás más tranquila, así que, ¿puedo hacerte una proposición?

–¿Cuál? –Harriet parpadeó varias veces.

–Que, al menos, admitas que tenemos un efecto devastador el uno en el otro –hizo una pausa al ver que Harriet, sonrojada, desviaba la vista.

–Sí –admitió ella un momento después. El café empezó a borbotear.

–Yo lo traeré –él se levantó y buscó tazas, leche y

azúcar–. Sin embargo –siguió–, por nuestras propias razones personales, no queremos... empezar nada –la miró, divertido–. Suena algo adolescente, la verdad, pero ya entiendes lo que quiero decir.

Harriet asintió.

–Por cierto, ¿por qué me has invitado a cenar hoy? –empezó a servir el café.

–Me pareció que te debía una explicación –farfulló Harriet.

–No me debes nada –aseveró él, brusco.

–Damien, una vez me dijiste que no te gustaba que te dijeran lo que debes o no debes sentir, ¿no es cierto? –preguntó ella con severidad.

–¿Lo hice? –él torció el gesto.

–¡Sí! Pues yo estoy diciendo que siento que te debo una explicación y ya está, ¡maldita sea! –exclamó ella con pasión–. Ahora, has conseguido que me... –frustrada, calló.

–¿Te acalores por nada? –sugirió él.

–¿Vas a escucharme o no? –preguntó ella, lanzándole una mirada ácida.

–Adelante.

–Me enamoré. Yo... –hizo una pausa–. Supongo que se podría decir que lo di todo. Y tuvimos momentos maravillosos. Pero, entonces, se fijó en otra mujer, y noté que se me escapaba. Por eso... –su voz se apagó.

–Eso sucede a menudo –dijo él con voz pausada–. ¿Cuánto tiempo hace de eso?

–Un año o así –ella encogió los hombros.

–¿Eso es todo? –él arrugó la frente.

«No, no es todo, Damien Wyatt», pensó Harriet, «pero es cuanto voy a contarte».

–Desde entonces, me he preguntado si lo provoqué

yo misma. Supongo que –se retorció los dedos– tal vez estuviera buscando a alguien que se hiciera cargo de mi vida. A alguien que tomara las decisiones correctas por nosotros, para dejar de hacerlo yo, como parece haber sido la pauta casi toda mi vida –arrugó la frente–. Pero, cuando todo se derrumbó, pensé que tal vez le di la impresión de ser demasiado dependiente y que para él fue un alivio escapar –agitó la mano–. Fuera lo que fuera, no estoy dispuesta a pasar por eso otra vez. Pensé que debía explicártelo.

Había más que contar, pero nunca se había sentido capaz de hacerlo aún. Lo miró a los ojos.

–Pero tú no pareces tener ese problema –continuó–. Me das la impresión de que no te importaría «empezar algo» –sus ojos azules se cargaron de ironía.

Él cruzó los brazos y la estudió, pensativo.

–Sí, pero, si te soy sincero, si existe eso que llaman... –buscó las palabras correctas– «amor para siempre», no creo que vaya a existir para mí.

–Tu matrimonio... –dijo Harriet, incómoda.

–¿Isabel? –él enarcó una ceja.

–No. Charlie.

–Tendría que haberlo imaginado –volvió los ojos hacia arriba–. Bueno, supongo que no necesitas más explicaciones.

–Solo me dijo su nombre, y que, hace unos días, lo habías puesto en su lugar por mencionarlo.

–Suena típico de Charlie –gruñó Damien.

–Suena típico de ti, la verdad –esbozó una leve sonrisa–. ¿Quedaste desilusionado?

–Hizo mucho más daño que eso –sus ojos se volvieron fríos–. Pero, sí, desde luego me dejó sin ganas de repetir la experiencia –levantó las manos cuando Harriet abrió la boca–. Vas a decir que con otra mujer podría ser diferente. Quizás. Pero no para mí. No olvido fácilmente mis rencores, sean personales o relacionados con una institución como el matrimonio.

Harriet sintió un escalofrío, porque tenía la impresión de que él se había definido muy bien.

–En cierto modo, somos similares –él tamborileó con los dedos en la mesa–. Demasiada responsabilidad siendo excesivamente jóvenes, pero nos lo tomamos de distinta manera –hizo una pausa y sonrió–. Tú querías que alguien tomara las riendas; yo me acostumbré a estar al mando y a controlarlo todo a mi gusto.

–¿Cómo fue eso?

–Tenía veintidós años cuando falleció mi padre. Íbamos a perderlo todo, así que tuve que levantar la empresa. Entonces, tomé la arriesgada decisión de invertir en maquinaria para la minería, cuando siempre nos habíamos concentrado en la destinada a la agricultura –hizo un gesto irónico–. Además, creo que nací con una vena terca. Arthur está de acuerdo conmigo.

–Hablando de Arthur –Harriet sonrió–. Penny está embarazada.

Damien puso expresión de desagrado.

–No te cae bien, ¿verdad?

–Creo que lo manipula con descaro –dijo él, seco, luego sonrió–. ¡Necesitará mucho apoyo para sobrellevarlo! Seguro que está de los nervios.

Harriet se rio.

Damien dejó la taza de café en la mesa y la miró. Su pelo, recogido, empezaba a escaparse de la coleta. Tenía la piel lisa, las manos y muñecas delgadas y elegantes, y sus ojos, puro terciopelo azul, aún chispeaban divertidos.

–No sé cómo no me di cuenta la primera vez que te vi, pero quitas el aliento cuando te ríes.

–En ese momento, no tenía razones para reírme –dijo ella, aún sonriente. Luego se movió y casi volcó su taza de café.

–¿No ha cambiado nada? –inquirió él, observando sus torpes movimientos.

–No...no –tartamudeó ella.

–¿No facilita las cosas que hayamos expresado nuestras circunstancias y dejado claro que no creemos en el amor para siempre?

–No –Harriet ladeó la cabeza y lo estudió con el ceño fruncido.

–¿Por alguna razón especial? –preguntó, seco.

–Yo, no creo que sea mi caso. Soy una persona de todo o nada. En ese sentido –dijo, pensativa.

–No deberías ir por ahí diciendo ese tipo de cosas, Harriet Livingstone –la sonrisa de Damien parecía la de un tigre airado.

–¿Por qué no? Creo que es verdad.

–También es una afirmación incendiaria –murmuró él.

–No entiendo lo que quieres decir –Harriet lo miró desconcertada. Sus mejillas se tiñeron de rubor al procesar sus palabras. Se levantó de un salto que sobresaltó a Tottie, y la perra le hizo tropezar.

Esa vez, Damien Wyatt estaba demasiado lejos para rescatarla, y ya estaba de rodillas en el suelo cuando llegó a su lado.

–Está bien, puedo sola –jadeó ella, rechazando su mano y empezando a levantarse–. No pretendía decir lo que has creído entender.

–¿Y qué sería eso? –preguntó él, esforzándose por

mantener un expresión seria, mientras la estabilizaba poniendo la manos en su cintura.

–Que... ¡oh! ¡Ya sabes a qué me refiero! –exclamó ella con frustración obvia.

–¿Que solo eres buena en la cama cuando te crees enamorada?

Ella asintió y luego sacudió la cabeza, más frustrada que nunca.

–No he dicho nada de ser buena en la cama...

–Pero apostaría a que lo eres –interrumpió él.

–¡Eso no puedes saberlo! –clamó ella.

–Estás hablando con un tipo que te ha besado, ¿recuerdas?

–Ya –musitó ella, apaciguándose un poco.

–Y has dicho que eras una persona de todo o nada en ese aspecto; eso me ha sugerido ciertas imágenes –dijo él con voz grave.

Harriet, al captar en sus ojos que se estaba riendo de ella, tomó aire y cerró los puños.

–No te rías de mí –le advirtió.

–¿O? –preguntó él con las manos aún en su cintura–. No pretenderás darme de puñetazos, ¿verdad? –miró sus puños cerrados

–Nada me gustaría más –confirmó ella con sentimiento.

–¿Y si probamos la otra cara de la moneda? –sugirió él, atrayéndola.

Ella se puso rígida, en modo de batalla. Se dijo que tenía que resistirse, no podía dejar que la hipnotizara como la última vez. No podía permitir que la maravillosa sensación de estar entre sus brazos la mareara de deleite. Deleite porque era fuerte, sabía cómo y dónde tocarla y excitarla... dio un respingo cuando él volvió a hablar.

—¿Y qué me dices de esto? —deslizó las manos bajo su top y moldeó sus senos.

Capítulo 4

HARRIET tembló y él lo percibió bajo sus dedos.
—Si te gusta, solo tienes que asentir —dijo él con voz ronca—. Créeme —deslizó los dedos por sus pezones—, a mí me parece sensacional.

Harriet entreabrió los labios y le agarró las muñecas. No asintió.

—Tienes una forma de hacer eso que me quita el aliento, pero...

—¿Preferirías que no lo hiciera? —sugirió él, estrechando los ojos de repente.

—Preferiría volar a la luna contigo, Damien Wyatt —musitó ella, cerrando los ojos—, pero sé que me arrepentiría de hacerlo antes o después.

—Otra afirmación incendiaria.

—Lo siento, lo siento mucho —dijo ella con lágrimas en los ojos. Se mordió el labio inferior.

—Tú ganas —farfulló él, tras pensarlo un momento. Retiró las manos y le estiró el top.

Harriet se limpió las lágrimas de las mejillas y se preparó para oír sus burlas. Pero no las hubo, al menos de palabra.

—De hecho —él se sentó en una silla y se pasó la mano por el pelo—, tienes razón, señorita Livingstone.

Harriet descubrió que el que le diera la razón no le impedía mirarla de arriba abajo y desnudarla mentalmente, con expresión divertida. Soportó el sardónico escrutinio el tiempo que pudo, empeñada en no darle la satisfacción de saber que la había molestado. Estaba a punto de protestar cuando él volvió a hablar.

–¿Sabes montar?

–¿A caballo? –Harriet parpadeó.

–No mc refería a camellos, es obvio.

–He montado, de niña –respondió ella, cauta.

–¿Te gustaba? –tamborileó con los dedos en la mesa.

–Sí –dijo ella, aún cautelosa.

–Dime una cosa, Harriet. ¿Sería un purgatorio para ti si te sugiriera levantarnos al amanecer para aprovechar la marea baja e ir a galopar por la playa? Sé que a Tottie le encantaría.

–Si pudiera montar a Sprite... –hizo una pausa, incómoda, y lo vio procesar su respuesta.

–¿Así que tienes mano con los caballos, además de con los perros?

–No lo sé –Harriet abrió las manos.

–Por lo que has dicho, ya has tenido relación con Sprite –él enarcó una ceja.

–Supongo que sí –concedió Harriet.

–Entonces, ¿salimos mañana a las cinco?

–Yo... –Harriet tragó saliva, pero no pudo evitar visualizar un paseo a caballo al amanecer, seguido de un baño en el mar y un enorme desayuno–. Sí –aceptó.

–Bien –él se puso en pie–. Pero no creo que eso me ayude a dormir esta noche –un brillo endiablado iluminó sus ojos oscuros.

A Harriet, mientras daba vueltas y vueltas en la cama, no la consoló pensar en su pequeña victoria. Se había resistido al ataque sensual de Damien. Había soportado el poder de su atractivo viril mientras él la desnudaba mentalmente, pero, luego, lo había estropeado todo aceptando salir a montar a caballo con él.

–¡Maldición! –se incorporó en la cama–. Debo de estar loca. Sé que solo va a causarme más dolor de corazón. ¡Tendría que estar corriendo para salvar mi vida!

A las cinco de la mañana, con los ojos pesados y la mente aturullada, se puso vaqueros, un jersey y unas playeras.

Veinte minutos después, trotando desde los establos hacia la playa sobre la briosa Sprite, se sentía algo mejor, aunque no demasiado.

Para cuando llegaron a la playa, el sol asomaba en el horizonte y teñía el cielo con una sinfonía de tonos melocotón que el agua reflejaba.

–Espera –dijo Damien, agarrando la brida de Sprite y enganchándole una rienda de guía para obligarla a adaptarse a su ritmo, más lento.

–¿Qué crees que estás haciendo?

–Tomar precauciones, eso es todo.

–¡Puedo asegurarte que no hace falta!

–Dijiste que montabas de niña. Eso podría significar que hace años que no montas a caballo.

–Soy perfectamente capaz de manejar a esta yegua –replicó Harriet entre dientes.

–Pero tienes que admitir que, incluso si no tuvieras tendencia a los accidentes, sufres de un extraño síndrome que podría provocar toda clase de problemas.

–Señor Wyatt –Harriet levantó su fusta–, no digas

otra palabra y déjame ir antes de que haga algo que tú podrías lamentar y yo no lamentaría en absoluto.

–Harriet –contestó él con calma–, no es nada elegante que me ataques continuamente.

–Déjame ir –gruñó Harriet.

Él titubeó un momento y soltó la rienda de guía. Sprite, que había estado baileteando impaciente, mordisqueó cariñosamente el cuello del caballo marrón de él y, siguiendo el dictado de Harriet, alargó el paso e inició el galope. Tottie corrió tras ellas, jubilosa.

Para cuando llegaron al final de la playa y galoparon de vuelta, Harriet estaba de mejor humor y empezaba a pensar que el paseo había sido una buena idea.

Siguiendo a Damien, condujo a Sprite hacia las olas. Ambos caballos trotaron en el agua hasta que los condujeron de nuevo al borde de la playa y los ataron a dos árboles.

–¡Estoy empapada! –Harriet se dejó caer en la arena y se sentó con las piernas cruzadas, resplandeciente de entusiasmo.

Damien se sentó a su lado y dibujó en la arena con un palito. No se había afeitado y la estudiaba con un brillo curioso en los ojos oscuros.

–Dime algo. ¿No eres una persona de mañana?

–No lo soy –Harriet sonrió–. No soy muy madrugadora –iba a añadir que lo era menos aún tras pasar una mala noche, pero consiguió callárselo–. Supongo que tú eres lo opuesto.

–Depende.

–¿De qué?

–De lo que esté en oferta en la cama.

–¿Los hombres piensan en otra cosa alguna vez? –Harriet puso los ojos en blanco.

–A menudo –la miró risueño–. Pero no a las cinco de la mañana si están con una pareja cálida y complaciente.

Harriet frunció el ceño mientras procesaba eso. Luego so volvió hacia él con incredulidad.

—¿Me has hecho levantar a esa hora infernal para vengarte por que no... no estuviera en la cama contigo? –le lanzó, exasperada

–Si lo hice –ironizó él–, no tenía ni idea del peligro en el que me metía. Seguramente, lo pensaré dos veces antes de volverlo a hacer.

–¡Oh! –Harriet rechinó los dientes y lo miró; grande, relajado y atractivo, aunque estaba sin afeitar, el pelo le caía sobre los ojos y la estaba pinchando de mala manera.

–Pero, por supuesto –siguió, antes de que Harriet pudiera volver a hablar–, la verdadera razón por la que te hice levantar al amanecer fue la marea. Hace falta que esté baja para que la arena esté lo bastante firme para galopar. Por cierto, ¿dónde aprendiste a montar así?

Harriet cerró la boca y se relajó un poco. Después, encogió los hombros y sonrió.

–Mi padre decidió que tenía que ser parte de mi educación. Restauró un par de cuadros valiosos para un criador de caballos que había sido jockey, a cambio de clases de equitación. Tuvo otras ideas similares, también recibí clases de tenis, aunque con menos éxito –lo miró de reojo–. Mi extraño síndrome de lado izquierdo impidió que fuera campeona de Wimbledon.

Él soltó una carcajada y la miró, curioso.

–Estás llena de sorpresas, pareces dócil y aburrida, pero también eres una auténtica fiera.

–¡Dócil! –Harriet torció el gesto–. Eso suena fatal. Y fiera también. No soy ni una cosa ni la otra.

–A veces, también pareces muy joven. La dama que eres podría ser diez años mayor.

–Eso es ridículo –objetó Harriet, pero no pudo evitar una risa–. El mundo del arte se toma a sí mismo muy en serio a veces, así que uno podría acostumbrarse a ser serio sin darse cuenta.

–Ya –él se rio y miró el reloj–. Tengo cosas que hacer. Se levantó y desató el caballo, pero Harriet se quedó donde estaba, sin ser consciente de que parecía decepcionada.

–¿Harriet?

Alzó la vista y vio que él la escrutaba.

–Es lo que quieres, ¿no? –preguntó.

–¡Claro! –afirmó ella un momento después–. ¡Vámonos!

Pero, una vez en su piso, tras ducharse y desayunar sola, tuvo que confesarse que no era en absoluto lo que había querido.

Ella trabajó con furia los dos días siguientes, hasta que Charlie volvió a casa un fin de semana largo, por su cumpleaños, y decidió celebrar una gran fiesta.

Si ella no hubiera estado tan absorta en su trabajo, habría notado los preparativos en la casa grande, pero no lo hizo. Por eso la sorprendió que Isabel le preguntara qué iba a ponerse.

–¿A ponerme?

–Para la fiesta de cumpleaños de Charlie.

–¿Cuándo?

–Mañana –Isabel chasqueó la lengua–. Estás invitada.

–No, no lo estoy –Harriet soltó el delfín de marfil que había estado estudiando.

–Te dejé una invitación –Isabel, fue hacia la mesita que había junto a la puerta, donde estaba el correo, y levantó un sobre que agitó ante ella, exasperada–. Incluso, si no la has abierto, tienes que haberte dado cuenta de que ocurría algo, ¿no?

–No. Lo siento –Harriet se sonrojó–. Muchas gracias por invitarme.

–Te invitó Charlie –corrigió Isabel.

–Eso da igual, no puedo ir.

–¿Por qué no? –Isabel la miró con ojos de batalla.

–Soy una empleada, Isabel –Harriet suspiró–, ¡no lo olvides! Mira, lo siento si sueno cortante o grosera, pero, a veces es la única forma de tratar con los Wyatt –para su horror, las lágrimas afloraron a sus ojos–. No iré, y ya está.

–¿No irás adónde?

Ambas giraron en redondo y vieron a Damien en el umbral.

–A la fiesta de Charlie –dijo Isabel, amarga.

Harriet se dio la vuelta. No habría más paseos en la playa al amanecer; de hecho, apenas había visto a Damien desde esa mañana mágica.

–No pasa nada –dijo Damien–. Es cosa suya.

–¡Hombres! –Isabel inhaló con ira–. Todos sois iguales; nunca estáis ahí cuando se os necesita. Si alguien podría haberla convencido, eras tú. Pero, además de ser poco fiables, ¡la mayoría sois obtusos como bloques de madera! –salió de la habitación como un vendaval.

Harriet cerró la boca y parpadeó varias veces.

–Vaya –murmuró Damien–. ¿No podrías cambiar de

opinión y asistir, Harriet? ¿Aunque solo sea para ayudarme a recuperar cierta credibilidad a los ojos de mi tía?

–Supongo que podría ir un rato –dijo Harriet con un suspiro–. Pero nada más.

–No te pediría otra cosa –dijo él con seriedad–. No soñaría con persuadirte en participar en un divertimento que podrías considerar por debajo de tu nivel, o lo que sea. Así que, buenas noches, señorita Livingstone –añadió con reverencia. Salió y cerró la puerta a su espalda.

Harriet, ardiendo de ira, agarró un objeto para lanzarlo contra la pared, pero se dio cuenta a tiempo de que era el delfín de marfil.

–Uf, ha faltado poco –le dijo a Tottie, dejando el objeto en la mesa.

Tottie agitó el rabo y volvió a dormirse.

A las ocho de la tarde del día siguiente, la fiesta de Charlie empezaba a animarse. El salón, con discoteca móvil y despejado, se había convertido en pista de baile, y en el comedor habían montado un magnífico bufé y una barra de bar.

Invitados de todo Northern Rivers habían descendido sobre Heathcote; algunos desde tan lejos como Gold Coast.

Harriet se enteró porque Charlie la escoltó personalmente a la fiesta.

Se estaba mirando justo antes de que Charlie subiera la escalera al apartamento, aunque no había sabido que iba a ir a buscarla. De hecho, estaba nerviosa y le habría gustado encontrar un agujero donde esconderse. También esperaba haberse vestido de forma apropiada.

Llevaba un vestido negro con falda suelta por encima de las rodillas, mangas blancas de tres cuartos y franjas blancas en el corpiño. Era un vestido que enfatizaba la estrechez de su cintura. Lo complementaba con un collar rojo rubí y zapatos de pulsera con tacón, de ante negro.

Tenía el pelo recogido en un moño, pero había dejado unos mechones sueltos que enmarcaban su rostro. Se había pintado los labios de rosa brillante y los ojos con sombra ahumada, y un leve toque de máscara en las pestañas.

—¡Dios santo! —Charlie se detuvo en el umbral y miró a Harriet de arriba abajo—. ¡Caramba!

—¿Pasa algo malo? —Harriet se retorció las manos.

—No, al contrario. Pobre Damien; no sabe lo que le..., bueno. Espero que sepas lo que estás haciendo, Harriet.

—¿Haciendo?

—¿No te has vestido para volverlo loco? —Charlie la señaló de pies a cabeza. Harriet abrió la boca para negar su acusación, pero la cerró y se sonrojó levemente.

—Nunca me lo había puesto antes. ¿Es demasiado...? —no terminó la frase—. Puedo cambiarme.

—¡No te atrevas! —Charlie la miró horrorizado—. Entonces, ¿sí te has propuesto volverlo loco?

—No —negó ella.

—No me importaría —ofreció Charlie—. Estoy de tu parte.

—Yo... —Harriet titubeó—. Hizo un comentario relativo a mi aspecto dócil y aburrido. Así que pensé demostrarle que no lo era. Pero ahora, la verdad, Charlie, no me apetece ir a tu fiesta.

—Te hizo un comentario, ¿eh? —Charlie ignoró el resto de su aseveración—. A mí también me los ha hecho. Es tan irritante que dan ganas de ponerse a estrellar cosas contra la pared, pero esta será una venganza muy dulce. Adelante, mi dama Harriet —le ofreció el brazo.

—Charlie, yo no soy así y he cambiado de opinión respecto a... demostrarle nada.

—No, nada de eso —rechazó Charlie, llevándola hacia la escalera—. Solo tienes un pequeño ataque de miedo escénico. ¡Pero yo estaré allí!

—¿Y? —dijo Harriet. Estaba en la terraza, bebiendo champán y abanicándose.

Había luna y antorchas encendidas en el jardín. La música que salía de la casa era rock puro, lo bastante alto para apagar el sonido de las olas, al otro lado del muro del jardín.

—¿Y? —repitió ella sin volverse.

—No te molesta bailar, señorita Livingstone —comentó Damien, situándose a su lado.

—No. En el momento y el lugar adecuados —contestó ella. Tomó otro sorbo de champán y vio que él llevaba una chaqueta de tweed sobre una camisa de cuello redondo, y vaqueros.

—Pensaba que solo ibas a venir un rato.

—Así era. Pero tu hermano tenía otras ideas —alzó los hombros con indiferencia.

—Estás fantástica. Muy distinta de tu alter ego.

—Gracias. Supongo que te refieres a mi lado académico, neurótico... —agitó la mano— y todo lo demás.

—Bueno, ese lado que parece recién salido de una sala de subastas o un museo —hizo una pausa y la miró—. ¿Qué dirías si te invitara a bailar?

–Muchas gracias, Damien, pero... –vació la copa de champán y la dejó en una mesita–, creo que ya he festejado bastante –concluyó, cortés.

–Es una pena –sus miradas se enzarzaron–. ¿Sigues asustada y huyendo, Harriet?

–Ya hemos hablado de eso, Damien –Harriet se llevó la mano a la garganta.

–No creo que tuviéramos en cuenta el efecto que tendría verte tan guapa y sexy, bailando, luciendo las piernas; sin rastro de los vaqueros y mallas que sueles llevar. Es como si estuvieras haciendo una invitación, señorita Livingstone.

El rubor tiñó las mejillas de Harriet.

–¿Es eso lo que haces? –la estudió con interés.

–No. Mira, tu me persuadiste para que viniera a esta fiesta –dijo ella con intensidad–. Y, después, hiciste que me hirviera la sangre de ira –enfatizó–con tus comentarios sobre divertimentos que podrían estar por debajo de mi nivel.

–¿Y decidiste demostrarme una cosa o dos? –se atrevió a sugerir él.

–Sí –farfulló ella–. Aun así, solo pretendía aparecer, divertirme un rato y retirarme. Pero la música me atrapó –confesó.

–Lo entiendo –curvó los labios–. La música me está atrapando a mí ahora mismo, de hecho.

Harriet estrechó los ojos, se concentró un momento en la música e hizo una mueca.

–¿No te gusta? –preguntó él, mientras ella intentaba no seguir el ritmo con los pies.

–No diría eso exactamente.

–Podríamos llegar a un acuerdo de «manos fuera» –sugirió él–. Ir cada uno a nuestro aire.

–Una idea excelente –sonrió con dulzura al ver su expresión–. Tranquilo. Asumiré el riesgo.

Esa última frase la persiguió durante el resto de la noche y del día siguiente. Porque, de hecho, pasó el resto de la noche bailando con Damien.

Tanto rock and roll, como bailes lentos. Había disfrutado sintiendo sus manos en la piel, su cuerpo cerca del suyo. Había dejado que la guiara y adaptado sus pasos a los de él; en un giro, su falda se había alzado hasta las caderas y ella la había bajado con ambas manos, ruborizándose.

Mientras bailaban, había recordado la última vez en sus brazos y la intimidad de aquel beso compartido. Había deseado estar a solas con él para poder enredar los dedos en su espeso cabello negro, introducir las manos bajo su chaqueta y camisa y sentir los músculos de su espalda.

Al final, había terminado en sus brazos, sin apenas moverse, y adorando cada segundo.

De pronto, se habían encendido las luces y los invitados habían empezado a marcharse. Entonces, había vuelto a la realidad y, al mirarlo a los ojos, había visto el deseo en ellos.

Y fue entonces cuando se liberó y escapó de él, perdiéndose entre la multitud de invitados que salían. Había subido a su apartamento, cerrado con llave y apagado todas las luces.

Temblorosa, se había desnudado y tirado el vestido al suelo. Pero sabía que era fútil y ridículo culpar al vestido. Ella era la culpable. Era ella quien había sido incapaz de resistirse al sentir sus brazos rodearla, quien había sentido una corriente eléctrica al acoplar su cuerpo al de él mientras bailaban. Quien había perdido toda inhibición en manos de Damien Wyatt, cuando se había jurado que sería lo último que haría...

De hecho, había sido un día muy tranquilo. Cuando acabó la limpieza de los restos de la fiesta, fue como si los Wyatt y todos los demás hubieran desaparecido de la faz de la Tierra.

Isabel, al menos, había explicado que iba a pasar la noche con una de sus amistades.

Charlie, suponía, había vuelto a su base.

En realidad, tampoco tenía ganas de ver a nadie tras la noche anterior, pero la sensación de estar sola incrementó su melancolía.

Acababa de cenar cuando oyó pasos en la escalera exterior y apareció Damien.

Se incorporó y volvió a sentarse, temblando por dentro al ver su expresión.

Tottie, claro está, estuvo encantada de verlo.

–Espero que me disculpes –dijo ella, levantándose y recogiendo el plato y los cubiertos–. No sé qué me ocurrió anoche.

–No he venido a diseccionar lo que ocurrió anoche –la miró con sorna–. ¿Tienes idea de dónde esta Isabel? Suele dejar una nota.

Harriet le explicó que estaba con una de sus amistades.

–¿Te dijo con quien? –preguntó él, irritado.

Calló de repente cuando Tottie gruñó y, por decirlo de alguna manera, se desató un infierno.

Se oyó un sonido sibilante y el cielo más allá de las ventanas se iluminó de repente.

–¿Qué diablos? –Damien apretó los dientes–. Es la

cocina. Parece que el cocinero por fin ha decidido quemar la casa.

El cocinero no había decidido quemar la casa, al menos conscientemente, pero se había emborrachado y, mientras dormía con una botella de bourbon en la mano, el aceite de la freidora había empezado a arder.

Seguía con la botella de bourbon en la mano, atónito, mirando las llamas que salían por las ventanas de la cocina desde la relativa seguridad del huerto, cuando llegaron Damien y Harriet.

Pero, en lo que parecieron solo unos minutos, Damien tenía todo bajo control. Había llamado a los bomberos, había enviado a Harriet a despertar a Stan, el jefe de cuadras, y localizado varios extintores, mangueras y mantas. También se había tomado un momento para intentar que Harriet volviera a su apartamento.

—No —le gritó ella por encima de las llamas—. ¡Puedo sujetar una manguera!

—Sí, pero no quiero que tropieces y te caigas.

—Escúchame, Damien Wyatt —le devolvió—, eres tú quien hace que me ocurra eso. ¡Cuidado! —gritó cuando un trozo de madera ardiendo cayó de una ventana. Él se apartó de un salto.

Ella agarró una manguera y apagó las chispas que habían caído en sus botas y vaqueros.

—De acuerdo, escucha. Ten mucho cuidado.

—Lo tendré —le prometió ella.

Él le dio un abrazo rápido y se alejó.

Siguió una escena frenética, mientras intentaban dominar las llamas naranja que resplandecían contra el cielo azul oscuro, agobiados por el humo que salía a borbotones de la cocina y el olor a quemado.

Para cuando llegaron los bomberos, Harriet estaba empapada y tiznada de arriba abajo.

–Ya vale –Damien se alzó ante ella y le quitó la manguera de la mano–. No sigas; ya has hecho bastante. Está bajo control.

–Pero...

–Haz lo que te digo, Harriet Livingstone –le dio un beso en los labios–. Sé una buena chica y ve a lavarte.

Capítulo 5

HARRIET obedeció, tocándose los labios con las yemas de los dedos.

Hizo un gesto de horror al verse, antes de darse la tercera ducha del día. Se puso vaqueros y una sudadera, recogió los restos de la cena y puso café fresco en la cafetera de filtro.

El ruido de la actividad iba difuminándose y, por fin, oyó el coche de bomberos alejarse y cómo un silencio casi artificial caía sobre Heathcote.

Poco después, llegaron Damien y Tottie. Damien, recién duchado y vestido con una sudadera gris y pantalones cargo color caqui, traía una botella de brandy.

–Debes de haberme leído el pensamiento –Harriet sacó dos copas.

–No hay nada como un buen incendio para provocar la necesidad de coraje inducido –sirvió dos copas generosas.

–¿Cómo de grave es?

–Habrá que reconstruir la cocina. Salud –tocó su copa con la de ella–. Por suerte, no se ha extendido más allá.

–¿Cómo está el cocinero?

–Empapado y hecho un desastre –Damien movió la cabeza–. Stan está con él. Se siente culpable y lo aterroriza perder su empleo.

–¿Acaso tiene esperanza de conservarlo tras casi quemar la casa? –preguntó Harriet.

–Según Isabel, tiene seis hijos en Queensland –Damien torció la boca–. Así que haré que le busque un empleo más cerca de su familia.

Harriet lo miró con sorpresa.

–¿No esperabas eso de mí?

–Pues, no –admitió ella–. Lo siento.

–Da igual. Estoy acostumbrado a estar en tu lista negra o, al menos, a que sospeches truculencias de mí –tomó un trago de brandy–. Por cierto, tendremos que usar esta cocina mientras restauramos la otra –miró a su alrededor.

–Oh. Por supuesto –se levantó, sirvió el café y lo llevó a la mesa–. No sospecho truculencias de ti, signifique lo que signifique eso –empujó una taza hacia él y se sentó con la suya.

–Es obvio que sospechas algo de mí, señorita Livingstone –bebió otro trago de brandy.

–Es cierto que le dije a Isabel que me parecías un obseso del control –admitió Harriet.

–¿Y eso a qué vino?

–Lo dije por el coche que te empeñaste en que condujera –Harriet lo miró de reojo.

–Ah, eso –él se recostó en la silla y metió las manos en los bolsillos.

Harriet lo estudió. El pelo oscuro aún estaba húmedo y una sombra azulada oscurecía su mentón. Parecía relajado, no como si acabara de luchar contra un incendio. Por alguna razón, la molestó verlo tan grande, poderoso y cómodo en la que había empezado a considerar su casa.

–Sí, eso –replicó con acidez.

–No creo que me equivoque al creer que tú y el vehículo de tu hermano sois un peligro en la carretera, pero... –se enderezó–, antes de que te ofendas, solo verlo me irritaba lo indecible.

Harriet lo miró fijamente.

–¿Acaso me convierte en un obseso del control proporcionarte una alternativa? –dijo, pensativo–. Yo no lo creo.

Harriet siguió mirándolo mientras varias cosas le pasaban por la cabeza. Había experimentado una vorágine de emociones por culpa de ese hombre. No había dejado de pensar en Damien Wyatt durante su ausencia. La había excitado físicamente. Le había contado parte de su dolorosa historia. Le había hecho la cena, e incluso una tarta de merengue y limón.

Había bailado y montado a caballo con él, había sido abrazada y besada por él, aún sentía la impronta de su boca en la suya; se llevó los dedos a los labios.

Entonces, se dio cuenta de que él la observaba atentamente. Apartó la mano y sus mejillas se tiñeron de rosa intenso.

–Mira –agitó las manos con frustración–, que no esté dispuesta a meterme en la cama contigo no implica que te considere truculento, es más bien lo opuesto, pero igual de malo.

–¿Qué significa eso? –él arrugó la frente.

Harriet se mordió el labio, deseando que se la tragara la tierra. No podía haber dicho nada más inconveniente.

–Da igual –replicó, rígida.

–Oh, vamos, Harriet –se impacientó él–. Podré soportarlo. Escúpelo, señorita Livingstone.

–Si te empeñas en saberlo, sospecho que eres demasiado bueno en la cama, señor Wyatt, para la paz mental de cualquier chica.

Él se puso serio y la miró con fijeza.

–¿Cómo has llegado a esa conclusión?

–Estás hablando con una chica que te ha besado, ¿recuerdas? –sus ojos brillaron con ironía.

–Cierto –sonrió, se acabó la copa y se puso en pie–. Dicho esto, te dejaré con tus recuerdos, señorita Livingstone, y me iré con los míos a otra parte –le dio una palmadita en la cabeza, le dijo a la perra que se quedara allí y salió del piso.

Harriet observó su salida en un estado de animación suspendida. En otras palabras, boquiabierta y con los ojos oscuros y cargados de incredulidad. Se preguntó si esa era su venganza por cómo lo había dejado la noche anterior.

No sabía por qué le costaba tanto creerlo. Tal vez porque había estado convencida de que reaccionaría de forma distinta a lo que había sido, sin duda, un comentario incendiario.

Incendiario pero cierto. Tenía miedo de que, si se rendía a Damien Wyatt, quedaría enganchada de él. Se encontraría en un tiovivo, enamorada de un hombre que no creía en el amor, que no creía en el matrimonio.

Ya tenía suficientes traumas en ese sentido.

Damien Wyatt, tras examinar su propiedad concienzudamente y asegurarse de que el cocinero no estaba en situación de hacer más daño, subió la escalera y fue a su dormitorio, pero no se acostó. Ni siquiera encendió la luz.

Se quedó ante la ventana abierta, escuchando las olas estrellarse contra la playa. Por el sonido, había marea alta. Veía el resplandor luminoso que dejaban las olas en la playa al retirarse.

Pero apenas se fijaba en eso. Estaba pensando en Harriet Livingstone. La veía sirviendo paella y tarta de merengue y limón, delgada y alta, con mallas estampadas con margaritas y blusa blanca.

Pensaba en ella la noche anterior, tan bella que habría hecho hervir la sangre de cualquier hombre. Bailando a su manera, una forma de bailar que tentaría a cualquier hombre.

Y esa noche, empapada y con las manos y el rostro negros de hollín, y después, de nuevo limpia y con vaqueros y sudadera.

Decía cosas que una mujer ingenua no sería capaz de decir con expresión seria. En ese sentido, era una mujer de todo o nada. En cuanto al sexo y las relaciones. Lo había acusado de ser demasiado bueno en la cama para su paz mental.

Tocó la cortina y después se sentó en el sillón. La habitación seguía a oscuras, pero había una lámpara en la mesita auxiliar. Pulsó el interruptor y una suave luz iluminó la pantalla de seda. El dormitorio, oro y azul, apareció ante sus ojos.

Había heredado el dormitorio principal cuando sus padres fallecieron, aunque no se había instalado en él hasta que se casó, y seguía reflejando los gustos de su madre. Una cama con dosel, papel pintado con textura... Si no fuera por la cómoda cama, habría evitado el lujoso dormitorio, digno de un castillo francés, para refugiarse en algo oscuro silencioso tras su separación de Veronica.

Pensó que tal vez no se tratara solo de la cama. Tal vez seguía usando la habitación como advertencia para no olvidar nunca el trauma y la traición originados por Veronica.

Tal vez...

No sabía cómo encajar a Harriet Livingstone en su vida. Inquieto, se dijo que, por desgracia, no podía negar que se sentía muy atraído por ella, aunque era incapaz de analizar el porqué. Peor aún era que la creía cuando decía que no estaba hecha para aventuras. No sabía por qué no se planteaba que lo de decirle que era una chica de todo o nada no era sino una estratagema para excitarlo, para hacer que ardiera físicamente.

Lo que en un principio había considerado una progresión natural a partir de la atracción espontánea y mutua que habían sentido, empezaba a convertirse en un sendero plagado de peligros.

En realidad, para ella siempre lo había sido. Desde el primer momento lo había considerado un camino que no debía o no podía recorrer.

Él, por su parte, había pensado que podría doblegarla, ganársela para compartir algo satisfactorio y agradable, pero no muy profundo.

—Eres un imbécil, Damien Wyatt —se dijo en voz alta—. Estabas demasiado ciego para ver que es una auténtica chica de todo o nada. Una chica que quedaría devastada si tras tener una relación no te casaras con ella. Tendrás que dar marcha atrás.

¿Por qué sería tan imposible casarse con ella? El silencio se tragó su pregunta.

Tal vez no se creía capaz de volver a confiar en una mujer. Y por eso no quería infringir lo peor de su cinismo en Harriet Livingstone.

Se levantó con brusquedad. Cuanto antes se distanciara de ella, mejor.

Para su sorpresa, Harriet se quedó dormida en cuanto apoyó la cabeza en la almohada. Disfrutó de un sueño profundo y sereno.

La mañana siguiente, cuando se estudió en el espejo del cuarto de baño, notó que, a pesar de haber dormido bien, parecía tensa. Su expresión mostraba una sombra de preocupación.

—Damien —musitó para sí—. Lo que hay entre nosotros es preocupante. ¿Qué voy a hacer?

De repente, recordó que iban a necesitar su cocina. Lo mínimo era tener café preparado.

La primera en llegar, con expresión de shock, fue Isabel.

—Damien me telefoneó —le dijo a Harriet—. Gracias a Dios que el incendio no se propagó. Tendría que haber hecho algo respecto al cocinero antes —dejó escapar un suspiro—. Gracias por ayudar a apagarlo.

—No hice mucho, aparte de apuntar con una manguera. ¿Quieres un café?

—Me encantaría. Me temo que tendré que comer aquí, y no soy buena cocinera —confesó Isabel.

—No importa. Me gusta cocinar. De hecho, iba a preparar beicon y huevos para desayunar.

—¡Umm! Entonces me quedaré.

—¿Y Damien? —preguntó Harriet, sacando los ingredientes de la nevera.

—Se ha ido de nuevo. A Perth esta vez. No sé cuándo volverá. Está en tratos con un magnate de la minería sudafricano —Isabel agitó la mano.

—Ah —musitó Harriet.

—¿No te lo dijo? Supongo que no tendría tiempo —siguió Isabel sin esperar respuesta—. Me ha dejado montones de instrucciones sobre lo que hacer con la cocina.

La verdad es que necesitaba ser modernizada —Isabel soltó una risita.

Harriet también sonrió, pero sin ganas.

—Bueno.

Era por la tarde y estaba sentada en un banco, con Tottie a su lado, al sur de la propiedad. Era un día nublado con una brisa fresca que agitaba el pelaje de Tottie. Habían dado un largo paseo e iban de camino a casa.

—Bueno —empezó Harriet de nuevo—. Se acabó, Tottie. Tu dueño se ha ido sin decir palabra y tendría que estar celebrándolo porque siempre, casi siempre, he sabido que jugaba con fuego solo con acercarme a él.

Puso un brazo alrededor del cuello de Tottie.

—Pero no lo celebro, estoy triste. Me siento abandonada. Me da rabia que él pueda ir y venir y yo tenga que quedarme aquí por la colección de su madre y por Brett, aunque Brett no tenga la culpa de nada.

Miró el mar plateado. Estaba revuelto y se veían las crestas blancas de las olas. El viento debía de estar soplando a unos veinte nudos. Se preguntó de dónde había sacado esa información inútil y decidió que, seguramente, de su padre.

Siguió mirando el mar, un yate surcaba las olas, en dirección sur. De repente, sintió que Tottie se ponía rígida y olisqueaba el viento. La perra dio un salto y lanzó un ladrido jubiloso que reservaba solo para una persona: Damien.

Harriet se puso en pie y lo vio subiendo la colina hacia ellas. Se quedó inmóvil como una estatua hasta que llegó. Abrió los ojos de par en par al ver que llevaba traje y corbata.

–Creía que estabas en Perth –tartamudeó.

–Planeaba estarlo –replicó él, acariciando a Tottie–, pero algo me impidió irme.

–¿Qué? –preguntó ella con voz ronca.

–Tú.

–No entiendo –parpadeó varias veces.

–Una vez creíste que me debías una explicación. Me trae la misma compulsión.

Hizo una pausa y se aflojó la corbata. Ver cómo la brisa le alborotaba el pelo hizo que a Harriet se le pusiera la carne de gallina.

–Pensé que sería mejor para ambos poner fin a lo que hay entre nosotros. Lo pensé anoche y hasta que llegué al aeropuerto de Sídney esta mañana –dijo él con sequedad–. Luego cambié de opinión y volví –miró a su alrededor–. ¿Quieres oírlo aquí o en casa?

–Aquí –afirmó ella.

Se sentaron en el banco, y Tottie se tumbó a sus pies con una mirada de satisfacción.

–Tiene que ver con Veronica –empezó él–. Era, como Charlie insistía en decir, espectacular. No solo eso, era inteligente. Dirigía su propia empresa de consultoría informática. Tuvimos una aventura y, después, nos casamos.

Hizo una pausa, pensativo.

–Admito que nuestras peleas eran tan espectaculares como nuestras reconciliaciones. Pero ella no estaba hecha para quedarse en casa y dirigir las cosas como hace Isabel. Eso me irritaba y se lo echaba en cara a menudo –encogió los hombros–. Ella tenía su propia lista de cosas en contra mía y, a decir verdad, la relación naufragaba. Entonces, descubrió que estaba embarazada y eso pareció calmarla. No entendí que estaba apagada y preocupada.

—El bebé, un niño, nació sin problemas. Pero a los seis meses le diagnosticaron un problema sanguíneo y Veronica y yo tuvimos que hacernos análisis. Entonces, salió a la luz que yo no era el padre del niño.

Harriet emitió un leve gemido.

—Esa fue mi reacción inicial —comentó él con ironía—. Por supuesto, después de eso, todo se complicó. Acusaciones a diestro y siniestro del estilo: «¿Siempre me has sido infiel?». Y ella contestaba con cosas como: «¿Quién no sería infiel a alguien tan frío y terco como tú?». Espera.

Sacó el móvil del bolsillo, miró la pantalla y lo apagó.

—Como puedes imaginar, fue un desastre.

—Sí —musitó Harriet.

—Y empeoró más aún —dijo él poco después.

—¿En qué sentido?

—Resultó que no podía estar segura de quién era el padre, pero yo le parecí la mejor apuesta, al menos financieramente hablando.

—¿Era, era...? —Harriet se llevó las manos al rostro.

—Era promiscua, por decirlo de forma educada. Por supuesto, había sabido que no era el primero, pero no puedes ni imaginar lo que es saber que has sido uno de una larga fila de hombres, incluso después de la boda, por no hablar de que intenten colocarte al hijo de otro.

—Me sorprende que se quedara con el bebé.

—A mí también me sorprendió, pero creo que lo veía como una especie de salvaguarda por si las cosas iban realmente mal entre nosotros. En circunstancias normales, tal vez nunca habría descubierto que no era mío.

—¿Qué pasó con el niño?

–Obligué a Veronica a averiguar quién era el padre; hoy en día es fácil con las pruebas de ADN –encogió los hombros–. Y me divorcié de ella.

–¿Sentías afecto por el bebé, mientras pensaste que era tuyo?

–No sé si tenía alguna premonición, pero la verdad es que no. Pero tal vez fuera porque no se me dan bien los bebés. De hecho, sentí más por el pobre crío cuando descubrí que no era mío. Puse un fideicomiso a su nombre y me aseguré de que supiera quién es su padre. Pagué el tratamiento médico que necesitaba, y Veronica recibió una compensación generosa. Fin de la historia.

Caminó hacia el borde de la colina, y con las manos en los bolsillos, observó el mar.

–Pero, claro, no es el fin de la historia –dijo, antes de volver junto a ella.

–No creía que lo fuera, pero...

–Mira –interrumpió él–, si vas a decirme que es muy improbable que vuelva a ocurrir lo mismo, tienes razón. Las probabilidades son mínimas. Lo sé, intelectualmente. Pero eso no significa que pueda convencer a mi corazón, que pueda enterrar mi cinismo, mi incredulidad por haber sido tan estúpido –volvió a callar.

–¿Nunca sospechaste? –preguntó Harriet, curiosa.

–A veces. Pero ella era buena disipando mis dudas. Y no insinúo que yo estuviera libre de culpa. Lo único que podría haber funcionado para Veronica en el matrimonio era un hombre ancla. Me di cuenta de que era una mujer poderosa que no sabía bajar de las alturas. Pero yo no podía... –cerró los ojos–. Empecé a irritarme más y más, hasta que fue difícil vivir conmigo.

Harriet lo miró. Tenía el rostro duro y afilado, y los hombros tensos.

–¿Cómo puedes estar seguro de que vas a sentir lo mismo con otra mujer?

–He tenido un par de relaciones desde entonces. No duraron porque me sentía ahogado. Quería ser libre. No quiero volver a pasar por un trauma como ese –esbozó una sonrisa cargada de cinismo–. Comprendí que había sido un ingenuo al casarme con Veronica; decidí no serlo más. No dejaba de buscar indicadores de que estaban volviendo a engañarme, así que esas relaciones se convirtieron en pesadillas de desconfianza.

Exhaló un largo suspiro.

–Y no dejaba de pensar en ese niño inocente. Por eso estoy mejor solo. Tenía que decírtelo, a pesar de la atracción que existe entre nosotros, nunca podría ser más que eso –puso una mano sobre las de ella–. Lo siento.

–Está bien –Harriet parpadeó para librarse de una lágrima.

–¿De verdad no te importa? –él la miró con curiosidad.

–Sí me importa un poco, pero siempre supe que no funcionaría para mí, así que... –sus labios se curvaron levemente.

–¿Sigues enamorada de quienquiera que fuese?

Harriet lo pensó y se dio cuenta de que hasta hacía muy poco lo había creído así. Ya no. Pero eso no importaba. No había futuro para ella y Damien Wyatt.

Ella parpadeó varias veces; se dio cuenta de que le importaba muchísimo no poder tener futuro con ese hombre. Él lo había dejado más que claro.

Habían cambiado las tornas. Antes había sido ella quien quería cortar los vínculos entre ambos; pero se había convertido en quien...

–¿Harriet?

–Oh, no lo sé. Pero, por mis propias razones, no quiero volver a involucrarme así. Seguramente piensas que soy una tonta –calló.

–Tottie quedará devastada –dijo él, tras un largo silencio.

–Bueno, debería volver al trabajo –Harriet sonrió y se sonó la nariz–. ¿Quieres que acabe de catalogar las cosas de tu madre?

–Sí –contesto él de inmediato–. No estaré aquí. No pretendo ir a Perth hoy, pero iré mañana.

–Oh –Harriet se llevó la mano a la boca–. Hoy soy la cocinera. Le prometí a Isabel que haría carne asada. ¿Vendrás? –lo miró interrogante.

–Carne asada –repitió él con mirada divertida–. Otra cosa a la que no puedo resistirme.

La carne estaba roja por dentro y bien hecha por fuera. Harriet la sirvió con patatas y calabaza asadas, judías verdes y una salsa oscura y sabrosa.

–Umm, estaba deliciosa –alabó Isabel, dejando los cubiertos en el plato–. ¡Eres una chica con muchos talentos!

–Sí que lo es –corroboró Damien, alzando la copa en su honor–. Si alguna vez decides cambiar de empleo, ya sabes adónde venir.

–Al menos, tú no incendiarás la cocina –dijo Isabel con mirada maliciosa.

–Hablando de eso, ¿cómo y dónde está el caballero en cuestión? –preguntó Damien.

–Hoy lo envié de vuelta con su familia con tres meses de paga y un par de contactos, dos restaurantes en los que estaría demasiado ocupado para sentirse solo y emborracharse. ¿Eso no será pastel de dátiles? –preguntó Harriet a Isabel, con temblor y anhelo en la voz.

Lo era, y también obtuvo la sonora aprobación del sobrino de Isabel.

–Es asombroso que alguien a quien no le gusta el dulce haga unos postres tan deliciosos –dijo él.

Todos se rieron.

–¿Cuánto tiempo vas a estar en Sudáfrica? –le preguntó Isabel a Damien–. Por cierto –frunció el ceño–, ¿por qué has vuelto hoy?

–Me ha surgido algo –replicó Damien–. No sé cuánto tiempo pasaré en Sudáfrica, unas semanas al menos. Hay mucha minería en la zona.

Isabel se puso en pie e insistió en recoger la mesa y llenar el friegaplatos. Después, rechazó el café con un bostezo y, tras dar las gracias por una comida perfecta, los dejó solos.

–He estado pensando –dijo Damien, haciendo girar el vino en la copa–. ¿Por qué no te quedas aquí cuando acabes de catalogar las cosas de mi madre? Creo que ocurrirá mucho antes de que tu hermano vuelva a andar. ¿Cómo le va?

–Ha cambiado de fisioterapeuta. Ahora es una mujer. Creo que se ha enamorado de ella. Espero que no demasiado en serio.

–Probablemente esté acostumbrada y sepa manejar la situación –Damien hizo una mueca–. Si contribuye a su progreso, tal vez merezca la pena el posible dolor de corazón. O –estiró las piernas– podría llegar a ser algo mutuo. Pero, volviendo a lo de antes, ¿por qué no te quedas? Isabel disfruta de tu compañía. Y estoy seguro de que Charlie también, cuando está en casa.

–No tendré nada que hacer –objetó Harriet.

–He estado pensando en eso –Damien se irguió en el asiento–. Periódicamente, Arthur envía nuestros cuadros a que los limpien. Toca hacerlo ya, así que, ¿por qué no lo haces tú?

Harriet lo miró boquiabierta.

–¿No se dedicaba a eso tu padre?

–Sí –cerró la boca–. Bueno, también restauraba cuadros –se mordió el labio inferior.

–¿Qué me dices?

–No podría –se agarró las manos por encima de la mesa–. Me sentiría como un caso de caridad.

–Tonterías –casi escupió él–. Es una propuesta de negocio. Arthur está de acuerdo conmigo.

–¿Cuándo has tenido tiempo de consultar con Arthur? –Harriet arrugó la frente.

–En esta era de teléfonos móviles, fue cuestión de unos minutos. ¿Creías que harían falta palomas mensajeras?

Harriet apretó los labios con rebeldía.

–Por Dios, basta con que digas sí, Harriet Livingstone –se pasó la mano por el pelo con cansancio–. Gracias a ti, llevo en pie desde el amanecer, he volado a Sídney y he vuelto, por no hablar del tiempo que he pasado en el aeropuerto entre vuelo y vuelo.

–¡Yo no te pedí que hicieras nada de eso! –protestó ella.

–Aun así, todo se debió a ti. Mira, no estaré aquí, si eso es lo que te preocupa. No apareceré de repente como esta vez –la miró con ironía.

–Pero ¡podría tardar un mes! –intentó visualizar todos los cuadros de la casa–. Es un trabajo que requiere mucho tiempo y cuidado.

–Me iré de safari –apartó su copa de vino–. En África hay mucha fauna, además de minería.

–Eres imposible –Harriet se levantó y puso las manos en las caderas.

–Eso solía decirme mi esposa –farfulló él.

–Tal vez tuviera razón –alegó ella.

–No lo dudo –la observó pasear alrededor de la mesa. Llevaba pantalón ciclista blanco y una blusa suelta color melocotón, de cuello redondo–. ¿Vas a hacerlo?

–No lo sé. ¡No puedo pensar a derechas!

–¿Por qué no te sientas y dejas que te prepare un café? Tal vez te ayudaría a ser más racional.

–No estoy siendo irracional –dijo Harriet con frustración extrema. Pero se sentó y no puso pegas cuando él se levantó para hacer el café.

Los engranajes de su mente empezaron a girar, lento al principio y luego más rápido. Sería una solución. Le proporcionaría el apoyo financiero que necesitaba, junto con apoyo moral. Isabel y ella se habían hecho muy amigas, y le encantaba Heathcote. Se sentía cómoda y segura allí, y los cuadros que tendría que limpiar eran maravillosos. No se podía pedir más.

Aunque sus finanzas habían mejorado mucho gracias a los tesoros de la madre de Damien Wyatt, cuando dejara de tener ingresos y empezara a pagar alquiler, su capital disminuiría a toda velocidad.

Lo miró preparando el café y se maravilló al pensar en cómo habían cambiado las cosas. Antes lo había odiado por su arrogancia; por cómo podía besarla sin pedir permiso y dejarla temblando. Había procurado que ese efecto no enraizara, pero acaba de descubrir que ya lo había hecho.

Y también había descubierto por qué Damien Wyatt se oponía al concepto del amor eterno y a la institución del matrimonio. Era una historia tan dolorosa que le costaba pensar en ella.

Se estremeció de repente e intentó no pensar en eso. Tal vez lo más sabio para su paz mental sería irse de Heathcote en cuanto acabara con el trabajo que estaba haciendo.

Pero estaba Brett. El nombre martilleó en su cabeza. Cuanto más pudiera hacer por él, cuanto más pudiera hacer para que recuperara la movilidad, antes acabaría la pesadilla para ambos.

–Podría limpiarlos –dijo lentamente, cuando él le dio el café–. Los cuadros. Sería la mejor manera de conseguir que Brett siga en el centro hasta el final de su tratamiento.

–Bien –lo dijo de una manera que le dio a entender que se limitaba a un trato de negocios. Antes de que dijera más, sonó su teléfono.

–Disculpa, contestaré abajo; es de Sudáfrica. Gracias por la cena.

Harriet asintió y, un momento después, Tottie y ella se quedaron solas.

–Todo arreglado, Tottie –Harriet se limpió unas ridículas lágrimas con los dedos.

Abrazó a Tottie y se quedó sentada un rato antes de levantarse y recoger todo.

No podía saber que, si bien Damien Wyatt había pretendido apartarla de su vida, sus negocios iban a cambiarlo todo. Su ayudante personal, que había trabajado con él unos diez años, había dimitido para cumplir la ambición de su vida: escalar el Everest.

Por si eso no fuera bastante, habían cancelado su

viaje a Sudáfrica; que ese lucrativo trato de negocios estuviera en el aire y las implicaciones que eso podía tener para su imperio bastaban para ponerlo muy, pero que muy tenso.

Capítulo 6

TENSO, de mal humor e insoportable —le dijo Charlie a Harriet una velada—. Ese es Damien en este momento. Es como vivir bajo una nube de tormenta. La verdad, lo siento mucho por los pobres tipos a los que está entrevistando para el puesto de ayudante personal. Me pregunto si saben en qué puede llegar a convertirlos. El último ha terminado yéndose a escalar el Everest.

Compartían lo que, en otro caso habría sido una cena solitaria. Isabel y Damien estaban fuera. Harriet, para alegría de Charlie, había hecho hamburguesas y patatas fritas.

—Pero que conste que me siento culpable —rio Harriet, pasándole el ketchup.

—¡Tú! —Charlie la miró sorprendido.

—Fue culpa mía que no fuera a Pert y a Sudáfrica —ella titubeó—. No puedo evitar preguntarme si eso —indicó a su alrededor— provocó lo demás.

—¿Por qué fue culpa tuya que no se fuera? —Charlie frunció el ceño.

—Bueno, perdió el vuelo a Perth porque volvió aquí para explicarme algo —Harriet se mordió el labio; no tendría que haberlo mencionado.

—No puedes soltar algo así y luego callarte —objetó

él–. Deja que adivine. ¿Tuvisteis alguna discusión después de mi fiesta de cumpleaños?

–Charlie, llevamos discutiendo desde el día que destrocé su coche y su clavícula –Harriet suspiró–. Por no hablar del día en que le di una bofetada y él me besó. Tiene problemas. Y se suponía que no estaría aquí mientras yo acababa el trabajo –concluyó, algo molesta.

–Ah, bueno, eso explica algunas cosas. No creía que un trato de negocios, ha hecho muchos similares, bastara para causar tal torbellino en mi adorado hermano.

–Eso no me ayuda nada, Charlie –Harriet puso los brazos en jarras.

–¡Ni a nadie! Creo que tendremos que hacer acopio de fuerza y prepararnos para lo peor. Al menos tú puedes mantenerte fuera de su camino.

Eso demostró ser falso.

Al día siguiente, ella montaba a Sprite por la playa, acompañada por Tottie. Era una mañana fresca y despejada, el agua estaba en calma y nubes rosadas decoraban el cielo azul pálido, cuando otro jinete cabalgó hacia ella: Damien.

Lo primero que se le ocurrió fue galopar en dirección opuesta, pero Sprite no era tan rápida como su montura, y él la alcanzó. Cuando lo hizo, Harriet había recuperado la cordura y aflojó las riendas para que la yegua volviera al paso.

–Buenos días, Harriet.

–Hola, Damien –respondió ella. Tottie los miró a ambos con alivio.

–¿Vuelves a salir corriendo?

–Supongo que esa fue mi intención inicial –confesó ella, inquieta. Él parecía enorme y cómodo, con un impermeable caqui, vaqueros y la cabeza al aire. Ella, en cambio, para protegerse del frío de después del amanecer, estaba embutida en un anorak rojo, gruesos pantalones de chándal y gorro de lana rojo.

–¿Por qué?

–Supongo que últimamente nos pones nerviosos a todos –dijo ella, cautelosa.

–¿Tan terrible es? –él hizo una mueca.

Ella asintió.

–Lo cierto es que los asuntos de negocios no han ido a mi gusto últimamente –comentó él. Ambos giraron los caballos hacia el sendero

–Si, sin pretenderlo, he tenido parte de culpa en eso, lo lamento.

–No la tuviste –afirmó él–. Aunque sin duda, eres parte del problema general. Después de ti –dijo, indicándole que cruzara el arco que llevaba a Heathcote y a los establos.

Ella se limitó a mirarlo incrédula, con los labios entreabiertos, así que Tottie tomó la iniciativa y Sprite la siguió.

No retomaron la conversación hasta que estuvieron en el establo y ataron a los caballos.

–¿Qué problema general? –preguntó ella, mientras mojaba a Sprite con la manguera.

–El que tengo con entrar en el salón, por ejemplo.

–¿Por qué tienes un problema con eso? –Harriet agarró un cepillo de metal y empezó a frotar los flancos de Sprite.

–Bueno, si hubiera volado a otra parte del mundo, podría haberme sido más fácil librarme de tu imagen en la fiesta de Charlie. Ahora, cada vez que entro allí, me asalta el recuerdo.

Harriet dejó caer el cepillo, y Sprite bailoteó en el cemento. Damien dejó de lavar a su caballo y fue a comprobar si Harriet estaba bien.

–Vale, ¡vale! –Harriet recogió el cepillo y se lo dio–. Creo que he terminado.

–Gracias –él colgó la manguera y empezó a cepillar al caballo.

Trabajaron en silencio unos minutos. Harriet frotó a Sprite con una toalla, examinó sus cascos y luego le echó una manta por encima. Pero su mente no dejaba de zumbar. No sabía cómo enfrentarse al hecho de que seguía sintiéndose culpable por cómo había huido al final de la fiesta de Charlie, después de... de...

Sus mejillas aún enrojecían al pensar en lo abandonada que se había sentido y en cómo había echado a correr como un conejo asustado.

Chasqueó la lengua para que Sprite saliera de la zona de lavado y llevarla a su establo, donde Stan ya había llenado el pesebre con comida. Tal vez fue la comida lo que puso nerviosa a Sprite, que coceó en el aire, asustando a Tottie.

–¡Sprite! –Harriet agarró la rienda con todas sus fuerzas–. ¡Tranquila, chica! ¿Qué te pasa?

–Yo me ocuparé –le dijo Damien al oído. Haciendo ejercicio de su destreza y fuerza, calmó a la yegua y la hizo entrar a su establo.

–¡Gracias! Temí que la había perdido y habría un accidente más que unir a mi historial –dijo Harriet, jadeante pero irónica.

Damien se rio y, durante un instante, el mundo quedó

en suspenso para Harriet. Lo veía tan vivo y divertido, alto y moreno, tan sexy...

Y lo que hizo a continuación no ayudó nada.

Fue hacia ella, introdujo las manos bajo su anorak y la abrazó.

—No te lo habría tenido en cuenta —dijo.

—¿No? —sin pensarlo, puso las manos en sus hombros y lo miró con escepticismo simulado.

—No. Habría echado la culpa a la yegua. Siempre ha sido difícil de manejar. Típico ejemplar del sexo femenino —añadió.

—¡Diablos! —Harriet lo miró acusadora. Él enarcó una ceja—. Empezaba a sentir aprobación por ti, ¡y lo estropeas con un comentario machista!

—Mis disculpas, señorita Livingstone. ¿Cómo puedo compensarte? Veamos, lo hiciste muy bien para ser una chica hasta que yo intervine. ¿Puedo hacerte el desayuno?

—¿Sabes cocinar? —Harriet parpadeó.

—Algunas cosas. Beicon y huevos.

—¿Solo beicon y huevos?

—Más o menos. Filetes también.

—Tengo todo eso en casa.

Él volvió a reírse, le dio un leve beso en los labios y retiró las manos de su cintura justo cuando Stan entró en la caballeriza.

Por suerte, Charlie llegó al mismo tiempo y, después de que Stan se ofreciera a terminar de lavar al caballo de Damien, los tres fueron al piso, donde compartieron filetes, beicon y huevos.

—¡Hasta ha salido el sol! —exclamó Charlie.

—Hace más de dos horas —replicó Damien.

—Hablaba en sentido figurativo —dijo Charlie con dignidad.

–Creo que lo he entendido –Damien estrechó los ojos y escrutó a su hermano–. Mis disculpas.

–Es igual. Estás perdonado, ¿verdad, Harriet?

Ella, que estaba recogiendo la mesa y a punto de servir el café, miró a Damien a la cara.

–Sí –dijo, pero incluso ella captó la incertidumbre de su voz y el brillo irónico que iluminó los ojos oscuros de Damien.

Pensó, inquieta, que, aunque hubiera reído con ella esa mañana, aún no la había perdonado.

Aunque todos los demás agradecieron que se levantara el nubarrón tormentoso que había asolado Heathcote esos últimos días, para Harriet fue causa de angustia y confusión.

Ya no tenía la posibilidad de mantener a Damien Wyatt oculto en lo más profundo de su mente. El impacto que ejercía en ella se había multiplicado por diez.

Cada vez que entraba en su órbita, temblaba por dentro y se le erizaba el vello. Trastabillaba al hablar y no se le ocurría qué decir.

Su trabajo con la colección y la limpieza de los cuadros se alargó porque pasaba mucho tiempo soñando despierta. Había llegado a preguntarse, desesperada, si conseguiría acabar algún día.

Cuando terminaron de restaurar la cocina, Isabel organizó una fiesta para celebrarlo.

–Nunca había visto una restauración tan rápida y eficiente, sobre todo tras un incendio –murmuró Harriet, mientras Isabel le enseñaba el espectacular y moderno equipamiento de acero inoxidable y las encimeras de granito de la nueva cocina, decorada en verde botella, blanco y negro.

—¿Habías visto alguna restauración tras un incendio? —le preguntó Isabel.

—Bueno, no, pero ya me entiendes. Por cierto, ahora acabas de sonar igual que tu sobrino, el mayor —aclaró.

—¡Que Dios me libre! —Isabel se rio—. Aunque últimamente ha sido bastante decente. Pero, si quieres saber la causa de la rapidez y eficacia de la renovación, es muy sencilla.

—¿Tu experta gestión de todo?

—Eso también —concedió Isabel—. Pero es cuestión de dinero. Es posible comprar el mejor producto y el mejor equipo de trabajo, lo que a la larga supone un ahorro.

—Palabras de una auténtica capitalista —dijo Harriet con afecto.

—Tienes razón —Isabel destapó varias bandejas llenas de canapés. También había platos, servilletas, botellas de champán en cubiteras de hielo y copas resplandecientes rodeadas de jarrones de flores frescas.

—¿A cuánta gente has invitado? —preguntó Damien, robando un canapé de salmón.

—¡No hagas eso! —Isabel le dio una palmada en la mano—. Solo a los vecinos.

—¡Solo a los vecinos! —repitió Damien—. Si te refieres a los conocidos de alrededor, podrían ser entre veinte y treinta.

—Veinticinco. ¿Cuándo ha sido eso problema? —inquirió Isabel con los brazos en jarra.

—Cariño, solo pensaba en cuánto debes de haber trabajado. Y sé que eso no te gusta.

–Ah. Le he dado a alguien una oportunidad. Ha solicitado el puesto de cocinera. Ahora mismo no está aquí –añadió al ver que Damien miraba a su alrededor–. El postre probará su valía. Hay mucha más comida.

Para alegría de Harriet, como la fiesta se celebraba en la cocina, habían pedido a los invitados que no fueran de etiqueta. Así que fue con vaqueros y un suéter lila. Se marcho una hora después aunque todo el mundo parecía encantado y dispuesto a quedarse mucho más tiempo.

Sin embargo, cuando estuvo en su piso, se sintió vacía. Vacía y sola, irritada e inquieta. Y todo porque había visto a Damien en su salsa.

A Damien embelesando a sus vecinos con un mezcla de ingenio, seriedad y humor que había acelerado el pulso de más de una mujer.

Entre ellas estaba Penny Tindall, aunque había luchado por ocultarlo. Harriet se recriminó por pensar algo tan poco caritativo respecto a Penny e investirse de una superioridad que no poseía. Si la poseyera, no se sentiría triste, solitaria y con ganas de llorar hasta quedarse dormida, y todo por culpa de Damien Wyatt.

Como se conocía bien y sabía que el sueño no llegaría, bajó a la planta inferior, se encerró en el estudio y corrió las cortinas. Acababa de reseñar un bello juego de ajedrez de marfil y empezó a estudiar un objeto sobre el que no se sentía nada segura.

Parecía un diente gigante montado en una base de bronce y tallado con imágenes de la fauna africana: un elefante, un rinoceronte, un león, un guepardo y un búfalo. Lo hacía girar en la mano cuando se abrió la puerta y apareció Damien. Se miraron en silencio un momento.

–¿Puedo entrar? –preguntó él.

–Claro –Harriet se bajó del taburete y se puso el pelo tras las orejas–. Yo...

–¿No te gustan las fiestas de cocina? –sugirió él, cerrando la puerta a su espalda.

–No. Es decir, no tengo nada en contra de ellas –hizo una mueca–. Eso ha sonado raro.

Él no mostró acuerdo o desacuerdo, se limitó a mirarla, divertido. Después trasladó su atención al juego de ajedrez que había sobre la mesa.

–Me preguntaba dónde estaría –comentó–. Charlie y mamá solían jugar mucho al ajedrez. Charlie es muy bueno. ¿Tú juegas? –alzó un rey y lo hizo girar entre los dedos.

Ella asintió.

–¿Bien?

–Lo suficiente.

–¿Por qué tendré la sensación de que esa es la respuesta velada de alguien que hace algo de maravilla y pretende darte una lección?

Harriet mantuvo una expresión seria e inocente durante medio minuto, después sonrió.

–Pareces el gato que se comió la nata –farfulló él–. ¿He acertado?

–No se me da mal el ajedrez –confesó ella–. Solía jugar con mi padre.

–Creo que hace años que Charlie no tiene tiempo de jugar –agarró el objeto que parecía un diente y que ella había estado estudiando.

–¡Hombre! ¡Hacía años que no lo veía!

–¿Te es familiar? –Harriet ensanchó los ojos.

–Claro. Mi madre me lo enseñó cuando lo consiguió.

–Entonces, ¿sabes lo que es?

–Ajá. ¿Tú no?

–No. Bueno, algún tipo de diente, pero no encuentro ninguna documentación sobre él, así que estoy algo frustrada.

–Es un colmillo, de jabalí –aclaró él.

–¿En serio? –Harriet lo miró boquiabierta.

–En serio. A mi madre le gustaban mucho los artefactos africanos.

–¿Dónde están? –Harriet arrugó la frente.

–¿No has visto más?

–No. Aparte de este, ninguno.

–Tendremos que preguntarle a Isabel –se sentó en la esquina de la mesa.

–Necesitaremos a un experto en arte africano –dijo Harriet, mirando el colmillo y sus delicados grabados.

–¿No podrías catalogarlos tú?

–Puede –Harriet encogió los hombros–. ¿Cuántos crees que tenía tu madre?

–Cientos –replicó él.

–Pero... ¡podría tardar diez años en hacerlo! –Harriet palideció.

–Eso podría ser un problema –él sonrió–. Eso sí sería envejecer en un empleo –volvió a ponerse serio–. Por no hablar de las otras complicaciones que eso causaría –la forma en que recorrió su cuerpo con la mirada no dejó lugar a duda sobre a qué tipo de complicaciones se refería.

–Eh, bueno, lo pensaré mañana –se apresuró a decir ella–. Ahora debería acostarme. Necesitaré estar en plena forma mañana –esbozó una sonrisa temblorosa–, si tengo que investigar cientos de objetos como este –metió el colmillo en su caja, ordenó la mesa un poco y fue hacia la puerta.

–¿Debo interpretar eso como mi orden de retirada,

señorita Livingstone? –dijo él, levantándose y cortándole la retirada.

–Ha sido tu idea –calló de repente, arrepintiéndose de tus palabras.

–Umm –él miró cómo subían y bajaban sus senos bajo el jersey lila–. ¿Te refieres a que fue mi idea que lo dejáramos? Es cierto, ¿tal vez insinúas que tú tenías otros planes para nosotros?

–No. Quiero decir... –se mordió el labio–. No sé si podría haber otro camino, lo que, aunque triste, seguramente sea una bendición a la larga.

–No pretendía entristecerte –la rodeó con los brazos–. Podría solucionarlo fácilmente. Así.

El beso, que ella no impidió aunque sabía que iba a llegar, fue como un bálsamo para su alma.

Dejó de sentirse vacía, sola e inquieta. Se sintió distinta. Suave y sedosa bajo las manos que la acariciaban y los labios que se desplazaban a la base de su cuello, junto a la curva de su hombro.

Después, la tomó por sorpresa. La alzó del suelo y la sentó sobre la mesa. Ella rodeó su cintura con las piernas y él sonrió, malicioso.

–Si supieras lo que me haces con esas piernas –murmuró, subiendo las manos hacia sus senos.

Harriet, que estaba acariciando su pecho, posó las manos en sus hombros y se tensó.

–¿Qué? –preguntó él, estrechando los ojos.

–Viene alguien –murmuró, empujándolo para poder bajarse de la mesa y estirarse la ropa.

–Siempre viene alguien –rechinó él.

Pero quienquiera que fuera, cambió de opinión y el ruido de pisadas se alejó.

Harriet dejó escapar el aire de golpe.

–¿Importaría si alguien nos viera? –preguntó él con tono brusco.

–¿No complicaría las cosas aún más? –entrelazó los dedos y cerró los ojos un instante–. Damien, siento que haya ocurrido esto. Siento que siga ocurriendo, pero, si no tenemos futuro, si estás seguro de eso, necesito irme de Heathcote –las lágrimas surcaron sus mejillas y se las limpió con impaciencia–. Casi he terminado con la colección de tu madre, pero si hay cientos de objetos más... –hizo un gesto de impotencia–. Y los cuadros. No veo cómo podría quedarme. Sin duda –se le cascó la voz–, ¿estarás de acuerdo?

Él vio su rostro húmedo y la angustia de sus ojos. Durante un instante sintió la terrible tentación de decir: «Quédate, lo solucionaremos de algún modo, Harriet». Pero otra parte de él se negaba a hacerlo; la parte que recordaba con claridad y amargura cómo lo habían traicionado y humillado.

–Lo siento –dijo–. Esto es mi culpa, lo que ha ocurrido aquí esta noche, no tuya. No volverá a pasar, así que, por favor, quédate. Buenas noches.

Tocó su mejilla húmeda con las puntas de los dedos y se marchó.

Harriet subió a su habitación y lloró hasta quedarse dormida.

Una semana después, la tregua seguía en pie. Damien no había pasado demasiado tiempo en Heathcote, cierto, pero podían interactuar con normalidad. Por ejemplo, cuando le explicó lo ocurrido con los objetos africanos de su madre.

–A Isabel se le olvidó decírmelo –le dijo.

–¿El qué? –Damien enarcó una ceja.

–Oh, disculpa. Tendría que haber empezado por el principio. Tu madre los vendió justo antes de fallecer. Parece que, por lo que fuera, pasó por alto el colmillo de jabalí.

–Supongo que es un gran alivio para ti –Damien cruzó los brazos sobre el pecho.

–Más bien –musitó Harriet–. Admito que la idea de convertirme en experta en monos, marfil y demás me agobiaba un poco.

–¿Monos y marfil?

–Es de la Biblia: Reyes, libro primero, capítulo diez, versículo veintidós. «... la flota de Tarsis que traía oro, plata, marfil, y monos y pavos reales». De África al rey Salomón.

–¿Cómo has encontrado eso?

–Investigué un poco. Es fascinante.

Él la estudió. En ese momento, estaba escribiendo, con la cabeza inclinada y la expresión absorta. Llevaba el pelo suelto y rizado, y lucía pantalón de tartán y suéter de punto de trenza color crema. Como era habitual, Tottie estaba tumbada a sus pies. Parecía cómoda y asentada esa fresca tarde de otoño.

Si no estaba a punto de convertirse en parte de Heathcote, le faltaba poco. Él se preguntó si era una locura no asegurarse de que se quedara.

En ese momento, sonó su móvil. Lo sacó del bolsillo y estudió la pantalla con el ceño fruncido.

–¿Wyatt? –contestó con voz tersa–. ¿Qué? ¿Dónde y cuándo? –siguió, con tono cortante e incrédulo. Harriet se tensó al oírlo.

Al mirarlo, vio que se había puesto pálido y tenía los

nudillos blancos por la fuerza con la que apretaba el teléfono. Se estremeció.

–¿Qué? –le preguntó, ronca, cuando él colgó y tiró el teléfono al suelo–. Ha ocurrido algo.

–Charlie –respondió él, tras tragar saliva–. Su avión se ha estrellado. En algún lugar de Australia occidental. O no tienen más datos o es información clasificada –se sentó y enterró el rostro entre las manos un instante–. Si se trata de Kimberly, es un terreno accidentado, con ríos y gargantas –tragó aire y dio un puñetazo sobre la mesa–. Y no puedo hacer nada al respecto.

–Lo siento mucho –murmuró Harriet, poniendo una mano sobre la de él–. Estoy segura de que están haciendo todo lo posible.

–¡Tiene que haber algo que pueda hacer yo! –su rostro estaba tenso de frustración. Se levantó y fue de un lado a otro, como si no supiera dónde estaba–. Discúlpame, Harriet, pero podré hacer más desde el despacho, con mi ordenador.

–Por supuesto –ella se levantó rápidamente–. Te llevaré un tentempié dentro de un rato, si quieres –pero dudó que él la hubiera oído mientras bajaba los escalones de dos en dos, seguido por Tottie.

La maravilló la sensibilidad de la perra; era obvio que no tenía dudas sobre quién la necesitaba más esa noche.

Para mantenerse ocupada y no pensar en el accidente de aviación y el cuerpo roto de Charlie, bajó al estudio para trabajar.

Estaba limpiando una delicada figura de porcelana cuando llegó Isabel, que parecía haber envejecido diez años en unas pocas horas.

–¿Hay noticias?–le preguntó.

Isabel negó con la cabeza y sacó un taburete para sentarse.

–¿Cómo está Damien?

–Fatal –Isabel movió la cabeza–. Lo mataría perder a Charlie. A mí también, pero aún más a Damien. Están muy unidos, a pesar de sus discusiones. Lo que ocurrió entre Veronica y Patrick los unió aún más –Isabel calló de repente.

–Me contó lo de ella, ¿Patrick es el bebé?

–Sí –Isabel tocó la figurita que Harriet acababa de secar, tras limpiarla–. Eh, a ti te recuerdo –pareció avergonzarse–. Pensarás que estoy loca –le dijo a Harriet–, pero recuerdo esta figurita. Solía estar en una mesita circular, en el vestíbulo de la planta superior. Allí la tenía la madre de Damien, pero Veronica... –su voz se apagó.

Harriet no dijo nada.

–No sé por qué no iba a decírtelo, dado que ya sabes algo –Isabel encogió los hombros–. Y ayuda pensar en otra cosa. Si te has preguntado por qué muchas de estas cosas estaban más o menos escondidas, fue cosa de Veronica. No le gustaban las antigüedades ni los objetos de arte. Era una chica muy moderna, en más de un sentido –el tono de voz de Isabel rezumaba desaprobación–. Aun así, Damien dijo que no a muchos de sus planes para modernizar Heathcote.

Dejó escapar un largo suspiro.

–Uno nunca debería juzgar las relaciones, es casi imposible conocer la historia en su totalidad. Y es difícil no dejarse llevar por los prejuicios.

–¿Cuántos años tiene Patrick ahora?

–Veamos, casi tres.

–Supongo que Damien no tiene razones para seguir en contacto con él, ¿no? –aclaró un par de trapos y los colgó de unas pinzas que había sobre el fregadero.

–No. Bueno, no directamente.

Harriet, intrigada, se lavó las manos y las secó con una toalla de cuadros rojos y blancos.

–Charlie y él idearon un plan. Dado que la situación seguirá siendo tensa entre Veronica y Damien, y que yo no sé ocultar mis emociones –Isabel torció el gesto–, es Charlie quien ve a Patrick con frecuencia. Para asegurarse de que está bien y ofrecerle una figura masculina constante en su vida, supongo. De alguna manera, Charlie entendía mejor a Veronica que Damien o yo. Aunque supongo que suena raro.

–A mí no me lo parece. Charlie es así –dijo Harriet–. No me sorprendería que Charlie también estuviera pendiente de Damien.

–Oh, creo que sí –Isabel apoyó la barbilla en la mano y escrutó a Harriet–. Eres bastante perceptiva, cielo.

–No estoy muy segura de eso. Así que, ¿Veronica no se casó con el padre de Patrick?

–No ha vuelto a casarse –dijo Isabel.

–¿Hay alguna posibilidad de reconciliación?

–No –afirmó Isabel, rotunda–. Fue una de esas relaciones demasiado explosivas para durar, incluso sin el drama de lo de Patrick. Lo que duplica, triplica o cuadruplica la ironía del asunto, es que le pusieron Patrick en honor de mi padre, el abuelo de Damien.

–¡Oh, no! –Harriet dejó caer la toalla al suelo.

–Oh, sí –Isabel encogió los hombros–. No habría tenido sentido cambiarle el nombre, ya había sido bautizado cuando se descubrió la verdad. Pero todo fue un desastre.

–¿Crees que volverá a casarse alguna vez? –Harriet se sentó.

Isabel se estiró y dijo algo que conmocionó a Harriet.

–Sí. Si tú lo aceptas.

Capítulo 7

YO... ¿disculpa? –tartamudeó Harriet.

Isabel se limitó a mirarla con sabiduría.

Harriet se levantó y dio una vuelta por el estudio, con los brazos cruzados sobre el pecho.

–No funcionaría. La razón de que volviera de Perth, de que no llegara a ir, fue para decirme que no podía funcionar.

–¿Por qué no?

–No quiere volver a casarse. Se ha vuelto suspicaz y cínico e, incluso, si no fuera así, es una persona difícil e inflexible, que admite que su autoritarismo probablemente fuera una de las razones del fracaso de su relación.

–Es probable –concedió Isabel–. Se parece mucho a mi padre, su abuelo, el primer Patrick. Quien lo inició todo. Dinámico, autoritario y difícil. En cambio, mi hermano, el padre de Damien, estaba más interesado en la cultura y las artes, apasionado por la vela y ese tipo de cosas. Era muy agradable –Isabel pareció enternecerse–, pero es cierto que su gestión estuvo a punto de arruinarnos, e hicieron falta los genes del abuelo de Damien, unidos a su determinación férrea, para hacer remontar el negocio.

–Lo primero que me llamó la atención de él –dijo Harriet con voz seca–, fue su arrogancia. Nunca me había sentido tan reivindicada, o liberada en cierto sentido, como cuando le di una bofetada, aunque recibí un beso como represalia –calló y se mordió el labio.

–¿El primer día que viniste a Heathcote? –preguntó Isabel. Rio cuando Harriet asintió–. Perdona pero sabía que había ocurrido algo entre vosotros dos. Y Charlie también.

–Charlie entró en plena escena –dijo Harriet compungida–, por eso lo sabía –sonrió–. Tendrías que haber visto su expresión –su sonrisa se apagó y se llevó la mano a la boca–. Oh, Dios, ¡que esté bien, por favor!

–Creo que deberíamos irnos a la cama –Isabel se levantó y abrazó a Harriet–. No podemos hacer nada. Buenas noches, querida.

–Buenas noches –dijo Harriet con voz queda.

Pero, una vez de vuelta en el apartamento, Harriet descubrió que no tenía ningún deseo de irse a la cama, y no solo por el tema de Charlie.

También tenía en mente la bomba que había dejado caer Isabel. Y que había sido incapaz de negar que estaba total y absolutamente enamorada de su sobrino.

No sabía cómo se había descubierto. Hacía muy poco que había admitido la verdad, aunque hiciera tiempo que burbujeaba en su interior. No había sido consciente de ella.

–Debo de ser increíblemente transparente –murmuró para sí–. Tal vez vaya por ahí con la cabeza en las nubes. Quizás no fuera consciente de mi reacción cuando mencionaban su nombre. O Isabel y Charlie han estado comparando ideas. Tal vez vieron algo en Damien y en mí que no habían esperado ver.

Sacudió la cabeza y, con un suspiro, decidió llevarle una taza de cacao.

Se planteó la posibilidad de que no le gustara el cacao. No bebía té. Decidió que, si necesitaba algo de fortaleza, lo mejor sería un café irlandés.

Lo encontró en su despacho, mirando por la ventana. La brisa había disminuido y el cielo estaba despejado, así que las estrellas y la luna se reflejaban en el agua.

No se movió cuando ella llamó a la puerta; pensó que no la había oído.

Dejó la bandeja con los dos cafés irlandeses en su escritorio y fue hacia él, acercándose en ángulo para no sobresaltarlo.

–¿Alguna noticia? –le preguntó.

–No –dijo él, volviendo la cabeza.

–He traído algo de fortaleza líquida –señaló los vasos que había en la bandeja.

Él los miró, esbozó una sonrisa y le ofreció la mano. Tras un titubeo, ella la aceptó, consciente de lo que iba a ocurrir y de que era lo mínimo que podía hacer por él, porque le rompía el corazón ver el sufrimiento que mostraba su rostro.

Fue hacia sus brazos sin dudarlo. Él la sorprendió sujetándola a cierta distancia.

–Hay algo que siempre podrás poner en la lista de cosas a mi favor.

–¿Qué? –jadeó ella.

–Soy más alto que tú.

–Sí. Lo eres –ella curvó los labios.

–¿Eso ayuda? –acarició la curva de su mandíbula–. ¿Prefieres a hombres más bajos?

–No –aseveró ella, seria–. Hacen que me sienta como una amazona. Es un plus, sin duda.

–Bien. Quiero decir que eso hace que me sienta bien. Empezaba a sentir complejo de inferioridad. Aunque nunca podré equilibrar la balanza –inspiró con fuerza–. Estoy diciendo tonterías, pero ¿qué voy a hacer si lo de Charlie acaba mal?

–No pienses eso –Harriet lo rodeó con los brazos y apoyó la cabeza en su pecho–. No ha ocurrido aún, puede que no ocurra.

–Aquello es inmenso, donde no hay aridez y desolación, hay arroyos llenos de cocodrilos; lo sé bien, he pescado allí –la apretó contra él.

–Seguro que tienen un equipo de búsqueda y rescate muy sofisticado. No pierdas la esperanza.

–Suenas muy sensata y cuerda –hizo una pausa–. Sentirte tan cerca es maravilloso –musitó.

–Lo mismo digo de ti –murmuró ella, alzando la boca para que la besara.

–Esto se nos está yendo de las manos –dijo él poco después, cuando se separaron para tomar aire y recuperar el equilibrio–. Espero que no te moleste que haga esto.

–La última vez sí me molestó –dijo ella con seriedad.

–¿Por qué?

–No me preguntaste por mis preferencias –ella se rio–. Lo hiciste sin más.

–Señorita Livingstone –dijo él–, por favor, exprese sus preferencias sobre este asunto. Para que no la malinterprete –la atrajo y juntó sus caderas a las suyas.

–En este momento, diría que son muy similares a las tuyas –rodeó su cuello con los brazos y lo miró a los ojos.

Compartieron una mirada larga e intensa. Harriet intentó transferirle la sensación de que entendía su necesidad y sus emociones y que quería reconfortarlo como pudiera.

–¿Seguro? –susurró él, jadeante.

–Seguro –respondió ella.

–¿Aquí? –él señaló el cómodo sofá.

–¿Hay algún pajar cercano? –preguntó ella con ojos chispeantes de humor.

–Yo... –titubeó, pero, al ver la risa en sus ojos, la apretó con fuerza–. De acuerdo –dijo contra su pelo. Eso fue lo último que se oyó en un rato.

Lo que siguió no impidió a Harriet pensar algo como: «Yo tenía razón. Sabía que él haría el amor de una manera que excitaría a una mujer y la llevaría a excesos que no se había creído capaz de alcanzar».

Porque eso fue lo que le ocurrió. Pasó de ser una amante tímida a convertirse en una criatura completamente distinta.

Anhelaba sentir sus manos en el cuerpo. Dejó que la desnudara, disfrutando de cómo la tocaba y acariciaba. Impaciente, lo ayudó a librarse de su ropa.

No hizo el menor esfuerzo por ocultar su excitación mientras, tumbados en el sofá, él moldeó sus senos y apretó sus pezones, antes de bajar los dedos a otra parte de su cuerpo.

Atormentada de deseo, lo aferró con fuerza, anhelando que la hiciera suya. Se frotó contra él, provocadora, e hizo su propia exploración hasta que él, gruñendo, la tumbó de espaldas y se aseguró de que estaba lista para recibirlo. Después, se unieron en un ritmo frenético que concluyó con una explosión de sensaciones.

—Oh —gimió ella, arqueando el cuerpo.

Él enterró la cabeza entre sus pechos antes de, con un estremecimiento, alcanzar el clímax.

—¿Harriet?

—Mmm...

—¿Estás bien?

—Oh, sí —no abrió los ojos, pero esbozó una sonrisita.

—Espera aquí —él le besó el cabello.

—No te vayas —protestó ella con urgencia.

—Volveré enseguida —comprobó su teléfono y echó un vistazo a la pantalla de ordenador antes de salir.

Ella lo miró, interrogante, pero él se limitó a negar con la cabeza.

Dos minutos después, él volvía con una sábana, una manta y un par de almohadas. Se había puesto unos pantalones cortos.

La tapó y se aseguró de que estuviera cómoda.

—Hay seis dormitorios a los que podríamos ir —dijo de repente—. No sé por qué no lo hemos hecho desde el principio.

—No estábamos pensando en lo más práctico —sugirió ella.

—Si no recuerdo mal, incluso has hablado de pajares —dijo él, sentándose junto a ella.

—Eran bobadas —se mordió el labio—. Ya sabes... conversación de cama, ¡eso es!

—Sí —corroboró él. Harriet tuvo la sensación de que lo había hecho demasiado rápido—. Tus bebidas de fortaleza se han enfriado —añadió.

Harriet hizo una mueca.

–Iré a por otra cosa –Damien se metió el teléfono en el bolsillo.

–No –Harriet se incorporó y se tapó con la sábana–. Tal vez despiertes a Isabel. Esto la conmocionaría incluso si piensa que... –calló y esperó que él no hubiera visto su rubor.

–Isabel tiene su propio apartamento en la planta de abajo. Desde allí no oye nada. No tardaré –curvó los labios–. No te vayas.

Ella no se fue, pero se puso las bragas y la blusa.

En vez de con brandy, como ella había esperado, volvió con una botella de champán.

Harriet miró la botella verde oscura y las dos copas de flauta que él dejó en el escritorio.

–¿Te parece correcto, dadas las circunstancias? –preguntó, tentativa.

Él tenía el pelo sobre los ojos. Aunque solo llevaba pantalón corto, no podría haber estado más magnífico. Era ancho de hombros, tenía el pecho salpicado de vello oscuro, el estómago plano y las piernas largas y fuertes. Pensó, con un pinchazo de dolor, que era bellísimo. No sabía cómo iba a poder olvidarlo.

–Dadas las circunstancias –dijo él, soltando el alambre que sujetaba el corcho–, no solo vamos a brindar por nosotros, sino también por Charlie Walker Wyatt. Porque esté sano y salvo, dondequiera que sea –hizo saltar el corcho y sirvió dos copas. Le dio una a Harriet y le dio un golpecito con la suya–. Por Charlie –dijo.

–Por Charlie –repitió Harriet–. ¡Porque esté sano y salvo!

Su teléfono zumbó. Lo sacó, estudió la pantalla y exhaló un enorme suspiro de alivio mientras leía el mensaje.

—Lo han encontrado. Han encontrado el lugar donde cayó el avión y todos están vivos. Charlie se ha roto un brazo y una pierna y tiene varios cortes pero, aparte de eso, está bien.

—¡Gracias a Dios! —Harriet se lanzó a sus brazos—. ¿Crees que quien esté ahí arriba ha oído nuestras plegarias? Supongo que también hay cielo en Australia noroccidental, ¿no?

—Podría ser —él la miró, riendo.

—¿Dónde está?

—Van a llevarlo al hospital de Darwin. Pasará allí unas semanas. ¿Y tu copa?

—Aquí —ella la recogió de la mesita auxiliar, y él sujetó su mano mientras la rellenaba.

—Así que has acabado conmigo, ¿eh? —farfulló él, al verla medio vestida. Enarcó una ceja.

—En absoluto —negó Harriet—. Es solo que me sentía un poco desnuda —hizo una mueca—. Aunque tampoco estoy muy vestida ahora.

—Sigue así —aconsejó él—. Porque volveré enseguida. Voy a darle la buena noticia a Isabel.

Ella estaba sentada en el sofá, con la sábana sobre las piernas, cuando él regresó. Se sentó a su lado y le puso un brazo sobre los hombros.

—¡Salud! —brindó él, alzando su copa.

—¡Salud! —ella apoyó la cabeza en su hombro—. ¿Brindamos por alguien en concreto?

—Sí —le acarició el pelo—. Por nosotros.

–Los dos tenemos hermanos en vías de recuperación, así que ¡por nosotros!

–Cierto, pero yo quería brindar por lo que ha ocurrido en este sofá y por la esperanza de que siga ocurriendo, no necesariamente en un despacho o en un pajar, una cama iría bien –dijo él con humor–. En otras palabras, ¿cuándo vas a casarte conmigo, Harriet Livingstone?

Harriet, en el largo silencio que siguió, se preguntó por qué no había contado con eso. Él le había dicho que nunca podría superar el cinismo que lo había asolado tras la debacle de su primer matrimonio.

–¿Harriet? –él puso la mano bajo su barbilla y la obligó a mirarlo–. ¿Qué?

–Dijiste... –empezó ella, con los ojos muy abiertos, azules y oscuros.

–Olvida lo que dije –ordenó él–. ¿Nunca has dicho ni hecho nada de lo que te has arrepentido casi de inmediato? –no esperó una respuesta–. Yo sí, y esa es una de ellas. En cualquier caso, las cosas han cambiado.

–Nada ha cambiado –negó ella.

–Ya estás otra vez –farfulló él–. Me besaste una vez y quisiste escaparte de mí. No me digas que ese modus operandi funciona después de hacerme el amor como si... –hizo una pausa y la miró a los ojos– tu alma dependiera de ello, para luego marcharte.

–Yo no tengo un modus operandi –protestó Harriet con frustración.

–Entonces, ¿por qué me hiciste el amor así?

–Sentí lástima de ti –hizo un gesto irritado–, lástima de mí. Me sentía sola y asustada al no saber qué le había ocurrido a Charlie; era horrible –alzó la barbilla–. Por eso lo hice.

–Tuvo que haber algo más que eso.

–Sí. Claro –Harriet se removió y dejó escapar un suspiro–. Es obvio que sentimos atracción el uno por el otro.

–Gracias –dijo él con ironía considerable–. Entonces, ¿por qué te parece tan mala idea? –los dos parecíamos haber olvidado nuestras inhibiciones y traumas –añadió con sequedad.

–Temporalmente, sí, pero no se puede pasar el día en la cama –Harriet se sonrojó intensamente–. Y tengo la sensación de que el matrimonio podría ser como una olla a presión para cualquier resto de trauma que pueda quedar.

–No te hagas la filósofa conmigo, Harriet Livingstone –le aconsejó él.

–¡No seas ridículo! –se irritó ella–. Es puro sentido común.

–De acuerdo –sonrió él–. ¿Qué me dices de esto entonces? Si no quieres casarte conmigo, ¿considerarías mantener una relación? Eso daría a nuestros traumas la oportunidad de airearse en vez de convertirse en una olla a presión.

–¡No, no lo haré! –Harriet se incorporó–. Y de diré por qué. Vuelves a tener remordimientos de conciencia, ¿verdad? Esa es la razón de tu súbito cambio de opinión. Pero no tienes por qué preocuparte. Estaré bien.

–Escucha –dijo él con aspereza–, si ocupas espacio en mi conciencia, es con razón. Es obvio que llegaste a Heathcote traumatizada, no me extrañaría que lo hubieras estado el día que chocaste conmigo. Estabas delgada como un palo, y todo porque un tipo te había dejado por otra...

–No por otra, por mi mejor amiga –lo interrumpió Harriet–. Alguien a quien quería y en quien confiaba.

Nos conocimos el último curso de instituto. Yo no había tenido amigas íntimas antes, porque nos trasladábamos mucho. Por eso era tan importante para mí. Después, Carol y yo fuimos juntas a la facultad, recorrimos Europa con la mochila a cuestas, pasamos un verano trabajando en un rancho; hacíamos muchas cosas juntas.

Hizo una pausa y se encogió de hombros.

—Salíamos con chicos, pero no hubo nada serio hasta que yo conocí a Simon y ella a Peter. Durante unos meses, salimos los cuatro juntos. Pero después nos distanciamos. Simon y yo hablábamos de boda.

—Y, entonces, Simon dejó de ir tan en serio —aportó Damien.

—Creo que Carol intentó evitarlo, pero no funcionó. Y ellos dos se casaron. Así que fue una doble traición. Por eso fue tan dolorosa. Y, en medio de todo eso, mi padre falleció y mi hermano tuvo el accidente. Estaba sola. Todo lo que me importaba había desaparecido o estaba gravemente herido. No sé cómo conseguí sobreponerme, pero cuando lo hice decidí que solo podía depender de mí misma.

—Ya, te entiendo —dijo él con suavidad.

—Y no es algo por lo que quiera volver a pasar, ese tipo de traición. Por eso, no me casaré contigo ni seré tu amante solo porque tú tengas cargo de conciencia.

—Yo...

—No —puso la mano sobre la de él—. No estoy dispuesta a enamorarme de ti para después descubrir que no confías en mí, que no crees ni creerás en el amor para siempre.

—Lo que necesitas —dijo él tras una larga y dolorosa pausa—, es a alguien como Charlie.

Harriet dio un respingo, asombrada.

–No me refiero a Charlie en sí –siguió él aparentemente molesto consigo mismo–. Me refiero a alguien poco complicado, sin traumas y sin costumbre de mandar. Sin pasado –apartó la sábana y se puso en pie.

–¿Qué va a ocurrir ahora? –preguntó Harriet, con los labios entreabiertos y expresión interrogante.

–Nada –Damien Wyatt torció la boca.

–Nada –repitió ella

–¿Qué esperabas?

–Yo... no lo sé –balbució.

–¿Esperabas que te despidiera?

–No. Es decir, no exactamente –Harriet recogió los pantalones y se los puso.

–Me iré a Darwin mañana a primera hora, y estaré con Charlie tanto tiempo como me necesite. Después, replantearé mi viaje a África. Mientras, tú puedes acabar con la colección de mi madre y empezar con los cuadros.

–No sé si podré hacerlo.

–Deberías. Estoy seguro de que a tu hermano le hará mucho bien tenerte cerca.

Harriet se mordió el labio.

Él la observó atentamente.

Ella, consciente de su escrutinio, recordó los eventos que habían tenido lugar en esa habitación y su apasionada respuesta cuando él le había hecho el amor. Se estremeció de anhelo, deseando estar en sus brazos, segura con él, amada.

Cerró los ojos un instante porque, por supuesto, eso no iba a ocurrir. Pero no sabía cómo iba a poder dejarlo.

–No sé qué decir –murmuró.

–No es cosa fácil –los ojos de él se iluminaron un instante–. ¿Gracias pero no, gracias? –sugirió.

Harriet dio un respingo.

–O tal vez, al menos de mi parte, ¿cuídate? –murmuró–. Sí, en tu caso, Harriet Livingstone, creo que es lo más apropiado. No choques con más Aston Martins, ni con nada, ten cuidado. Por cierto, si hay alguna consecuencia por lo que hemos hecho, espero que no estés tan en las nubes como para no decírmelo.

Harriet, ahogando un sollozo, agarró sus zapatos y salió corriendo de allí.

Capítulo 8

¡**H**ARRIET, te estás matando a trabajar! —acusó Isabel Wyatt desde la puerta del estudio, sacudiendo el paraguas, un par de semanas más tarde—. Es domingo. Incluso si no eres religiosa, necesitas descansar. ¿Qué te ocurre?

—¡Nada! Entra. Te haré un té. Estoy trabajando en las máscaras venecianas. Es una pena que estén tan polvorientas. ¡Mira esta preciosa Colombina! —Harriet levantó una máscara de porcelana blanca decorada con gemas y plumas.

—¿De dónde proviene el nombre?

—Colombina es un personaje básico de la comedia italiana, normalmente una sirvienta cotilla, coqueta y bromista.

—Y veo que no le importa lucir una máscara para sus relaciones secretas —apuntó Isabel.

Harriet dejó de quitar el polvo al oír la palabra «relaciones». Pensó en Damien Wyatt y deseó correr hasta el fin del mundo.

Pero se obligó a serenarse.

—Algo así —murmuró—. En esta colección hay ejemplos de todos los materiales que se utilizaban para hacer máscaras, ¿sabes? Cuero, por ejemplo —alzó una máscara—. Porcelana, como en la Colombina, y cristal, por supuesto. ¿Sabías que el carnaval de Venecia se remonta a 1162 cuando la Serenísima, como se la llamaba entonces, derrotó al patriarca de Aquilea?

–No sabía eso, de hecho –Isabel tomó la máscara de cuero–. He estado en el carnaval de Venecia. El rey de Austria lo prohibió en 1797, pero nadie sabe exactamente qué llevó a la población de Venecia a entusiasmarse tanto por los disfraces. Ven conmigo.

–¿Adónde?

–Arriba, a tu cocina, donde yo te preparé a ti un té. ¡No discutas conmigo, Harriet Livingstone!

–¿Qué ocurrió? –preguntó Isabel veinte minutos después, cuando ambas tenían ante sí humeantes tazas de té y un plato con tarta de cerezas.

–¿Te refieres a...? –Harriet miró a Isabel.

–Me refiero Damien y a ti. No soy tonta, Harriet –advirtió Isabel–. Mira, no iba a decir nada, pero es obvio que estás disgustada.

–No encajaríamos, eso es todo.

–¿Y por eso trabajas día y noche y estás tan pálida y triste? –Isabel la miró con sorna.

–Necesito acabar este trabajo –dijo Harriet con voz aguda–. Se está alargando mucho, ¡no conseguía centrarme! ¡Hasta han reconstruido la cocina mientras yo no consigo avanzar! Necesito dejar Heathcote atrás, y desearía no haber visto nunca a Damien Wyatt.

–Me alegra que no hayas dicho a «un Wyatt» –dijo Isabel.

–Lo siento –Harriet desvió la mirada–. No, claro que no me refiero a ti, Isabel. Ni a Charlie. Pero, idealmente, me gustaría irme antes de que Damien y Charlie vuelvan de Darwin –la miró–. Ya es imposible que estemos juntos en el mismo lugar. Créeme.

–Entonces, ¿no limpiarás los cuadros?

–Yo, no.

–¿Y tu hermano?

–Hace progresos –Harriet se lamió los labios. Por supuesto, seguía teniendo en mente a Brett y cuánto más fácil sería apañarse si se quedaba y limpiaba los cuadros. Pero todo el remordimiento del mundo asociado con Brett no podía hacer que se quedara, no después de...

Suspiró internamente y empujó el plato con la tarta de cerezas hacia Isabel.

–La he hecho para darle la bienvenida a Charlie –dijo con voz desolada–. Le encanta la tarta de frutas.

–Pronto estarán en casa.

–El otoño ha llegado con ganas –dijo Brett.

Harriet se arrebujó en el abrigo y corroboró su opinión.

Estaban afuera, a pesar del frío. A Brett le encantaba estar al aire libre siempre que podía, así que ella había empujado su silla de ruedas a una pérgola, en una zona resguardada del jardín.

–Quiero enseñarte algo –dijo él.

Harriet lo miró interrogante, con la esperanza de que no notara que estaba distraída. Además de eso, estaba intentando hacer acopio de valor para decirle que iba a volver a Sídney.

–Toma –se quitó la manta que ella había insistido en ponerle sobre las rodillas y se la dio.

–Estoy bien –protestó ella.

–La verdad es que pareces medio congelada –respondió él con una sonrisa–, pero solo quiero que la sujetes un par de minutos.

Tras decir eso, se levantó de la silla de ruedas y, rígido y cojeando, caminó alrededor de la pérgola sin ayuda alguna.

Harriet lo miraba con los ojos muy abiertos.

–¿Qué te parece? –preguntó él, orgulloso.

–Oh, Brett –Harriet se levantó de un salto y lo rodeó con los brazos–. ¡Es una gran mejoría! ¿Cuándo? ¿Cómo? ¿Por qué? Es decir... –calló y lo miró fijamente–. ¡Me lo has estado ocultando!

–Sí. Quería que fuera una gran sorpresa –le devolvió el abrazo y se tambaleó un poco–. Pero aún queda mucho trabajo.

–Siéntate, siéntate –dijo ella de inmediato–, y cuéntamelo todo. Aunque supongo que adivino una parte. ¿Tu nueva fisioterapeuta?

–Sí –asintió él, sentándose–. Ellen ha supuesto una diferencia enorme, pero no solo como fisioterapeuta. Ella me hizo hablar. Por lo visto, había alcanzado un punto muerto que no podía superar y un día me preguntó si estaba preocupado por algo, aparte de lo obvio. Descubrí que lo había y que ese algo hacía que me sintiera impotente y desesperanzado.

–¿El qué? –preguntó Harriet, temerosa.

–Tú –dijo él. Sonrió y puso una mano sobre la de ella, que dejó escapar un gemido–. Por todas las cosas a las que renunciaste por mí. Porque no sabía cómo podría pagártelas. Porque no me gustaba lo que oí de ese tipo para el que fuiste a trabajar pero no podía hacer nada para impedirlo.

–¡Oh, Brett!

–De alguna manera, me encontré contándole todo esto a Ellen, y ella me dijo que lo mejor que podía hacer por ti era volver a andar –movió la cabeza–. Eso pareció encender un fuego en mi interior. Pero aún queda mucho camino.

–¿Y Ellen te acompañará en ese camino? –preguntó Harriet.

–Creo que sí. Eso espero. Ella... nosotros –la miró entre avergonzado y animoso–, nos llevamos muy bien.

–Me alegro. Me alegro mucho –Harriet lo abrazó de nuevo–, porque voy a volver a Sídney mañana –vio su sorpresa y se explicó rápidamente–. ¡Por fin he acabado el trabajo! Y me gustaría buscar otro. Además, ¿te conté ya lo de su hermano? –Brett asintió–. Bueno, llegarán de Darwin dentro de un par de días y estarán mejor en familia, seguro.

–¿Qué te ha hecho? –inquirió Brett.

–¿Hecho? –ella parpadeó.

–Sí –dijo Brett meditabundo–. Damien Wyatt.

–¡Nada! Ha sido muy, muy considerado, teniendo todo en cuenta.

–No me vengas con esas, Harriet –Brett sonó preocupado–. Puedo ver con mis propios ojos que pareces angustiada.

–¿En serio? –Harriet se llevó la mano a la boca–. ¿Tan fácil es leerme? Quiero decir...

–Sí que lo eres. Para ser alguien que pasa tanto tiempo en su mundo, eres muy fácil de leer.

–Si sufro algún trauma, no lo causó él –Harriet se mordió el labio e inspiró profundamente–. Fui yo. Quiero que me creas –se puso en pie–, y quiero que dejes de pensar en eso y sigas con esta fantástica recuperación. Ellen tiene razón; es lo mejor que puedes hacer por mí.

–No puedo dejar que te vayas así –dijo Isabel la mañana siguiente, mientras observaba a Harriet meter sus cosas en el viejo todoterreno de Brett–. ¡Damien nunca me lo perdonará!

Era otro ventoso y frío día de otoño.

–Deja de preocuparte por eso –le aconsejó Harriet–. Ya tendréis los dos bastante con ayudar a Charlie a recuperarse sin preocuparos por mí. Además, no soy tan mala conductora –añadió con cierta aspereza.

–Podría haber diferencias de opinión respecto a eso –Isabel la miró con testarudez–. ¡Vamos, llévate el Holden!

–No podría llevarme el Holden –arguyó Harriet–. ¡No me pertenece!

–¡Ah! –Isabel se aferró a esa idea–. Pero se podría decir que me pertenece a mí.

Harriet no dejó de llenar su vehículo.

–Lo que quiero decir –continuó Isabel–, es que tengo parte de Heathcote, y eso incluye todo el equipamiento y maquinaria; puedo disponer de esas cosas. ¡Así que puedo regalarte el Holden azul! –acabó, triunfal.

Harriet metió la última bolsa en el todoterreno y cerró la puerta trasera. Después, fue hacia Isabel y le dio un abrazo.

–Nunca te olvidaré –dijo con voz suave–. Gracias por ser una buena amiga. Tengo que irme. No puedo explicártelo, pero no culpes a Damien de ello.

Isabel la abrazó y después sacó un pañuelo.

Sin embargo, quedaba una despedida igual de difícil.

Tottie, desconsolada, estaba junto a la puerta abierta del lado del conductor.

–Oh –musitó Harriet. El nudo de emoción que había estado intentando controlar se desató y las lágrimas empezaron a derramarse–. No sé que decir, Tottie, te echaré mucho de menos –se arrodilló y rodeó a la perra con los brazos–. Lo siento, pero tengo que irme.

Minutos después, conducía por el largo camino de salida de la propiedad. Por el espejo retrovisor observó a Isabel agarrando a Tottie del collar, para que no pudiera perseguirla. Después, la casa desapareció de su vista, la verja de doble puerta apareció ante ella y las lágrimas empezaron a caer a raudales.

En la carretera exterior, una señal indicaba que había una entrada de acceso a Heathcote. Pero en el interior de Heathcote ninguna señal recordaba que, tras las verjas, la carretera quedaba oculta por varios árboles y una leve curva.

Harriet había salido de allí varias veces, así que tal vez fuera debido a que las lágrimas le habían empañado las gafas el que la ambulancia que entraba en la finca la sorprendiera tanto como para dar un volantazo y estrellarse contra uno de los postes de la verja.

–¿Qué diablos voy a hacer contigo? –preguntó Damien con tono de exasperación, tras acomodar cuidadosamente a Harriet en un sillón.

–Nada –respondió Harriet, seca, mirándolo con irritación.

Estaban en el apartamento, donde habían llevado las

pertenencias de Harriet tras descargarlas del todoterreno. Harriet tenía el pie vendado y apoyado en un reposapiés.

La ambulancia había recogido a Charlie y a Damien en el aeropuerto de Ballina porque, debido a las escayolas y los puntos, habría sido difícil para Charlie entrar en un vehículo normal.

La ambulancia había salido ilesa del incidente de la verja. Y también, una vez más, el todoterreno de Brett. El poste era otro asunto. Se había desmoronado, convirtiéndose en un montón de piedras. Y Harriet se había torcido el tobillo.

El enfermero que acompañaba a Charlie se había ocupado de echarle un vistazo.

—Nada —repitió Harriet—, y te agradecería que no te alzases sobre mí como una torre y no me trataras como si fuera idiota.

—Mis disculpas —rezongó Damien, sentándose frente a ella—. Pero no es la primera vez que ocurre esto.

—Y podría no haber ocurrido si no hubieran criticado mi forma de conducir y yo no hubiera estado... —sacudió la cabeza y cerró los ojos—. No importa.

—¿Llorando? —sugirió él.

—¿Cómo sabes eso? —alzó las pestañas.

—Parecía que habías estado llorando: tenías los ojos rojos y húmedos, y manchas de lágrimas en las mejillas —afirmó él.

—Solo lloraba por Tottie —dijo ella tras una larga pausa—. Y tal vez por Isabel.

—¿A pesar de sus críticas sobre tu forma de conducir?

—¿Cómo sabes eso?

—Me lo ha contado. Se siente muy culpable y me ha pedido que te pidiera disculpas.

–Lo decía con buena intención –admitió Harriet, encogiendo los hombros.

–¿No hay ninguna posibilidad de que te diera un poco de pena dejarme a mí?

–Sabes que nunca habría funcionado, Damien –dijo Harriet, tras un incómodo silencio.

–Sé que cometí un error táctico al pedirte que te casaras conmigo en ese momento. Pero lo hice con buena intención.

–Sí –Harriet lo miró–. Pensaste que me deprimiría si no lo hacías. Pensaste que todo podía solucionarse de forma pragmática. Sobre todo, volvías a tener remordimientos por mí.

–Es posible. Pero, mira, ambos tendremos que estar aquí un tiempo, así que tenemos que llegar a un acuerdo.

–¿Vas a quedarte? –Harriet enarcó una ceja.

–He retrasado el viaje a África hasta que Charlie se recupere.

–Yo estaré bien en una semana como mucho. Solo es una torcedura.

–Es un esguince. El enfermero dijo que tendrías que tomártelo con calma durante al menos quince días.

–Me volvería loca en quince días –dijo Harriet, compungida.

–No si empiezas con los cuadros.

–De vuelta con los cuadros –Harriet volvió la cabeza hacia la ventana y el cielo nublado–. Empiezan a perseguirme.

–Claro que también podríamos pasar unos días en Hawái o en Tahití –la miró con ironía–. Juntos –añadió con expresión maliciosa.

Harriet tomó aire, pero lo que iba a decir quedó en el

aire cuando Tottie, seguida por Isabel, entró en el apartamento.

Damien Wyatt observó la reunión entre su tía, su perra y la que podría considerar «la espinita que tenía clavada». Se sintió tan irritado que les dijo que se iba a ver cómo se encontraba Charlie.

Pero Charlie seguía en manos del enfermero.

Así que Damien fue a su despacho, lo que tampoco resultó ser buena idea. Eso le hizo pensar en la chica que le había hecho el amor de una forma que solo podía describirse como «todo o nada».

También le recordó que seguía gustándole Harriet Livingstone, por enfadado que estuviera con ella. No sabía si enfadado porque había vuelto a rechazarlo, o por estrellarse contra la verja.

–Sencillamente estoy enfadado con ella –musitó. Tomando una decisión repentina, levantó el teléfono y puso los pies sobre el escritorio.

Por suerte, contestó Arthur. Intercambiar naderías con Penny habría sido demasiado para él.

–Arthur, soy Damien –dijo–. ¿Podrías pasar algo de tiempo aquí, en Heathcote?

–Bueno, Penny está embarazada y no me gusta dejarla, al menos mucho tiempo –Arthur se frotó el puente de la nariz.

–¿De cuánto está embarazada Penny?

–De casi cinco meses.

«Por Dios, Arthur, te va a tener bailándole el agua cuatro meses más», pensó Damien, pero se guardó mucho de decirlo. Se aclaró la garganta.

–Ah, claro. Lo digo solo porque a Harriet le iría bien algo de ayuda.

–¿Harriet? –repitió Arthur–. Creí que estaba bien y que casi había terminado.

–Así era. Ha terminado, pero le he sugerido que limpie los cuadros, en vez de enviarlos afuera.

–Una idea fantástica –respondió Arthur con entusiasmo–. ¡Seguro que haría un gran trabajo!

–Sí, bueno, ella no lo ve así, tal vez porque ahora mismo está un poco incapacitada. Pero he pensado que si tú vinieras y los miraras con ella, si pudiera comentarlos con alguien que sabe de lo que habla, sería una gran ayuda.

–¿Incapacitada? –preguntó Arthur con curiosidad.

–Se ha hecho un esguince en el tobillo.

–¿Cómo?

–Chocó contra el poste de la verja –Damien hizo una mueca–. En ese... tanque.

–¡No me lo puedo creer! Esa chica es un peligro al volante.

–Bueno, puede que haya habido circunstancias atenuantes.

–¿Qué? –inquirió Arthur–. ¿Un perro o dos que salieron ilesos del incidente?

–No. Pero el caso es que está un poco bajo de ánimo –hizo una pausa y tuvo una buena idea–. Creo que a Penny no le gustaría eso.

–Claro que no –corroboró Arthur–. Iré mañana. ¿Cómo está Charlie?

Damien colgó poco después. Seguidamente, alzó de nuevo el auricular y encargó dos sillas de ruedas y dos pares de muletas.

Capítulo 9

¿CÓMO está Penny?

Harriet y Arthur estaban en el comedor, y Arthur empujaba la silla de cuadro en cuadro. Harriet tomaba notas.

–Bueno, esperábamos que tuviera náuseas matutinas y algún tipo de, no sé, cambios de ánimo, antojos raros de pepinillos y mermelada, pero la verdad es que nunca ha estado mejor.

–Son buenas noticias –dijo. Harriet ocultó una sonrisa. Arthur sonaba muy preocupado–. Parece que disfruta de un embarazo sin complicaciones. ¡Oh! –miró uno de los cuadros–. No puedo creer que no me hubiera fijado antes en ese.

–Tom Roberts. Escuela de Heidelberg. Uno de mis favoritos. Tuve suerte de conseguirlo –dijo Arthur con complacencia.

–Me encantan sus escenas de playa –dijo Harriet con ensoñación–. ¿Dónde lo encontraste?

Arthur, empujándola hacia el pasillo, le contó cómo había comprado el Tom Roberts para el padre de Damien. Harriet lo escuchó, fascinada, y pasaron un par de agradables horas examinando la colección Wyatt.

De hecho, cuando acabaron y la llevó de vuelta al estudio, Harriet estaba entusiasmada.

–Arthur, necesitaré... –empezó.

–Te traeré lo necesario, Harriet. Hace bastante que se hizo la última limpieza. Me alegra mucho que Damien te haya pedido hacerla. Además –miró a Tottie, que estaba tumbada junto a la silla de ruedas–, pareces encajar aquí de maravilla.

Harriet abrió la boca para protestar, pero como habría sonado grosera, se limitó a asentir.

Arthur se marchó poco después, pero fue a buscar a Damien antes de salir de la casa. Lo encontró en el despacho. Llamó con los nudillos.

–Adelante –respondió Damien.

–Misión cumplida –dijo Arthur–. Los limpiará. Incluso suena entusiasmada por ello.

–Gracias, amigo.

–Es una chica poco usual, ¿sabes? –Arthur pasó los dedos por el chaleco azul estampado con aviones morados y acercó una silla al escritorio.

–Sí, de hecho, lo sé –contestó Damien, seco.

–Penny opina que Harriet Livingstone es como un lago con corrientes profundas, y duda que sea capaz de olvidar a Simon Dexter.

–Creía que Penny y Harriet no se habían visto desde que estuvieron en la facultad hasta que se encontraron por casualidad.

–Así es, pero la gente habla, y Penny tiene una amplia red de viejos amigos. Cuando Harriet reapareció, investigó un poco, por decirlo así.

–Simon Dexter –lo interrumpió Damien–. Un golfista de élite que acaba de ganar un millón de dólares, playboy y rompecorazones. ¿Te refieres a ese Simon Dexter?

–No tengo ni idea de qué pudo unirlos –admitió Arthur, asintiendo–. Ella no encaja como fan, ni es deportista. Su forma de chocar con todo sugiere que le falta coordinación, por no mencionar que es miope.

—De hecho, tiene síndrome de lado izquierdo —aportó Damien.

—Nunca he oído hablar de eso.

—Pues ya somos dos. ¿No ha salido Simon Dexter en las noticias hace poco, por otros temas?

—Podría ser; no he estado pendiente de las noticias últimamente. Y debería volver a casa —Arthur se puso en pie—. Seguro que tienes las manos llenas, con Charlie y con Harriet, pero al menos ella solo estará incapacitada un par de semanas.

—Sí.

Para sorpresa de Arthur, después de ese sí, Damien pareció quedar absorto y no pareció fijarse en que se iba.

Tras la marcha de Arthur, Harriet también había estado pensativa un rato, preguntándose si había sido manipulada para que se quedara y trabajara en los cuadros.

Pero no podía ser. Damien Wyatt no podía estar contento con ella: había rechazado sus dos proposiciones y destrozado un poste de su verja.

¿Por qué iba a querer que se quedara allí?

Sacudió la cabeza y pensó en Arthur. A pesar de sus chalecos, disfrutaba hablando de arte con él. Se preguntó cómo iba a sobrevivir al resto del embarazo de Penny, por no hablar del parto.

La mañana siguiente, su tobillo estaba más hinchado y dolorido, así que el enfermero de Charlie decidió que debía hacerse una radiografía. Isabel la llevó a Lismore, donde la radiografía reveló una fisura; le escayolaron el tobillo y le advirtieron que no cargara peso en él.

Ella descubrió que eso era más fácil en teoría que en la práctica. Para cuando acabó de subir la escalera al piso a la pata coja, incluso con la ayuda de Isabel, estaba agotada.

–Tenemos que hacer algo –dijo Isabel con preocupación–. No puedes pasar por esto cada vez que quieras salir. Damien tendría que haberlo pensado. Hablaré con él.

–No te preocupes por eso –dijo Harriet–. Saluda a Charlie de mi parte. Y dile que dentro de unos días iré a verlo.

Isabel se fue con expresión preocupada.

Una hora después, Isabel, Stan y Damien subieron al piso y trasladaron a Harriet y sus pertenencias a la planta baja de la casa.

Ella no protestó. No tenía energía para hacerlo.

La instalaron en la suite de invitados, formada por dormitorio y salita, con vistas al jardín.

Isabel deshizo su equipaje y le llevó una taza de té. Ya estaba sola cuando Damien llamó a la puerta, entró y cerró la puerta a su espalda. Fue directo al grano.

–¿Qué es lo que va mal?

–¿Qué quieres decir? –Harriet lo miró y se lamió los labios–. Me he roto un hueso del tobillo.

–Eso lo sé –se sentó frente a su silla de ruedas–. Pero me preguntaba si has oído que Simon Dexter y su esposa Carol se han separado.

Harriet abrió los ojos de par en par.

–Ha salido en las noticias. Es un personaje famoso. ¿Tal vez más ahora que cuando tú lo conociste?

–Sí –lo miró fijamente–. No, no lo había oído.

–¿Tú juegas al golf? –preguntó él.

–¡Oh, no!

–Pensé que tal vez habías recibido clases de golf, igual que de equitación.

–No –ella negó con la cabeza.

–¿Y cómo os conocisteis Simon y tú?

Harriet desvió la mirada y puso las manos sobre el regazo. Se sonrojó.

–No me digas que chocaste con él.

–No con un coche –dijo ella–. Bueno, no exactamente un coche. Fue con un carrito de golf.

–¡Claro! Tendría que haberlo imaginado. ¿Cómo ocurrió?

–Mi padre sí jugaba al golf. Una mañana lo acompañé y me pidió que condujera el carrito hasta el green, mientras él iba andando por un atajo. Nunca había conducido uno antes, pero parecía sencillo –alzó las cejas–. Un gran error.

–Es obvio que no mataste a Simon.

–No –Harriet hizo una pausa y arrugó la frente–. ¿Cómo has sabido que era Simon Dexter? No recuerdo haber mencionado su apellido.

–Arthur –confesó Damien.

–Arthur no lo conoce.

–Penny, entonces.

–Penny tampoco lo conoce –objetó Harriet.

–Pero Penny dirige una asociación de espías, el MI55. Es una espía encubierta, o –alzó una ceja– ¿será la señorita Moneypenny?

Harriet pasó de la irritación a una sonrisa involuntaria.

–Sigo sin entender cómo salió el tema.

–Nos preocupaba que parecieras deprimida.

–No sé cómo me siento. Pero es una noticia muy triste, ¿no?

—Entonces, ¿qué es? —inquirió él.

—¿Qué es qué?

—Si no es por Simon Dexter, ¿por qué tienes expresión de tener el corazón roto?

—No sabía que la tuviera —Harriet tragó saliva—. Mira, supongo que es por el tobillo y porque me siento como una idiota —su voz se apagó.

—¿En qué sentido?

—¿Es que hay que explicártelo todo?

—¿Te arrepientes de haber rechazado mis propuestas de matrimonio? —sus ojos oscuros brillaron con ironía.

—Sería una tonta si quisiera casarme contigo después de lo que ocurrió con tu primera esposa y cómo te afectó —dijo lentamente—. No. Me siento estúpida, eso es todo.

Damien la estudió, pensativo. A diferencia de la noche de la fiesta de Charlie, tenía el pelo perfectamente recogido, ni un mechón fuera lugar, nada de maquillaje discreto que enfatizara sus bonitos ojos, ni brillo de labios, ni vestido que le permitiera lucir sus fantásticas piernas. Llevaba un chándal y una escayola en el tobillo. Sin embargo, su aspecto no le importaba.

De repente, comprendió que era la chica menos coqueta que conocía. No lucía las piernas ni agitaba sus largas pestañas excepto cuando estaba concentrada y tendía a parpadear.

Seguía gustándole arreglada o sin arreglar. De repente, se le ocurrió una posibilidad.

—No estarás embarazada, ¿verdad?

—No —contestó Harriet.

—Perdona —dijo él con voz seca—. No ha sido una buena forma de expresarlo, pero si estás...

—No lo estoy —interrumpió ella.

–¿Seguro?

–Sí –Harriet lo miró a los ojos.

Se miraron un momento, ella con una chispa de ira en los ojos, él inescrutable.

–Harriet, no tiene sentido ocultármelo.

–¡No te estoy ocultando nada! –protestó ella–. Además, era muy poco probable.

–Esa ha sido una trampa en la que han caído muchos desde tiempo inmemorial. Ambos somos culpables de falta de precaución –encogió los hombros y sus ojos chispearon con humor–. ¿Podríamos echarle la culpa a Charlie?

–¿Culpar a Charlie de qué? Gracias, amigo –le dijo al enfermero, que había empujado la silla hasta la suite de invitados–. ¡Harriet! ¡No puedo creer que estemos los dos en silla de ruedas!

–¡Charlie! –Harriet rio porque, de cuello para arriba, era el mismo Charlie de sonrisa contagiosa, pero tenía el brazo derecho escayolado y en cabestrillo, y la pierna izquierda recta y también escayolada–. ¡Oh, Charlie! –se levantó y fue hacia él a la pata coja, para darle un beso–. Me alegra muchísimo verte, incluso si nos llevaste a precipitarnos –agitó la mano al notar la expresión de sorpresa de Charlie–. ¡Nada, nada!

Esa noche cenaron todos juntos: pinchos de pez espada a la barbacoa y ensalada, seguidos de tarta al brandy.

–Mmm –dijo Charlie–, si no quema la cocina, podría ser tan bueno como el antiguo cocinero.

–Buena –aportó Isabel–. Decidí que habría menos riesgo de incendio con una mujer.

«No puedo creer que esté haciendo esto», pensó Harriet. «Estoy aquí sentada como una de la familia después de marcharme de Heathcote y planear no volver nunca. No puedo creer que Damien esté haciendo lo mismo».

Le echó un vistazo, pero fue incapaz de leer su expresión, excepto que parecía retraído.

Sin embargo, después de cenar, todos se separaron.

El enfermero de Charlie insistió en que se acostara. Isabel se fue a una reunión después de llevar a Harriet a la suite, y Damien subió a su despacho.

Harriet, tras pasar unos minutos en la silla de ruedas, decidió que estaba agotada. Utilizó las muletas que Damien había alquilado para ponerse el camisón y meterse en la cama.

Estaba sentada en la cama, colocándose una almohada bajo el pie cuando recordó que no había echado el cerrojo. Entonces, oyó que se abría la puerta exterior y Damien entraba a la sala.

Harriet iba a decir algo pero, al descubrir que no tenía voz, carraspeó. Él debió de oírla porque dio un golpecito en la puerta y entró al dormitorio.

–¿Estás bien? –preguntó desde los pies de la cama, estudiando su arrugado camisón gris.

–Sí, gracias. ¿Has venido a...?

–No he venido a instalarme –replicó él con sequedad–. He venido a hablar.

–Oh.

–¿Qué habrías dicho si hubiera sugerido otra cosa? –él torció la boca.

–No estoy segura –Harriet tragó saliva.

Él la escrutó un momento y después acercó una silla a la cama.

–Si te preocupa quedarte para limpiar los cuadros, ¿puedo decirte un par de cosas? –no esperó a su aprobación–. Pareces disfrutar mucho aquí, te encanta el arte y supongo... –hizo una mueca– que no es un mal sitio para pasar la convalecencia –hizo una pausa y escuchó un momento. Con una sonrisa, se levantó para dejar entrar a Tottie.

La perra se acercó a la cama y apoyó el morro junto a Harriet. Ella la acarició con cariño.

–Me he ido una vez, con consecuencias desastrosas –murmuró–. ¿Crees que podría hacerlo de nuevo?

–No hace falta –dijo Damien–. Podrías hacer algo más. ¿Te dije que Charlie juega al ajedrez?

Ella asintió.

–Va a necesitar ayuda durante este periodo. Es obvio que no puede pasarse el día jugando al ajedrez, pero podrías entreteneros juntos mientras tengáis el mismo problema. Tú tampoco puedes pasarte el día limpiando cuadros.

–¿Qué me dices de ti?

–¿A qué te refieres?

–¿Estarás aquí? –ella se incorporó.

–Sí. Pero estaré ocupado. África vendrá a mí.

–¿Qué? –Harriet parpadeó varias veces.

–He cambiado las cosas. En vez de llevar la maquinaria allí, he invitado a la empresa con la que negocio a venir aquí. Aunque no pueda ofrecerles safaris con leones, leopardos, búfalos, elefantes e hipopótamos, está la Gran Barrera de Coral, Kimberley, Cape York, Arnheim Land y sitios maravillosos donde pescar. Y, si les apetece algo peligroso, pueden evitar a los cocodrilos.

–¿De eso se tratan los grandes negocios? –Harriet se echó a reír.

–Eso está mejor. Es una parte.

–¿Qué está mejor? –preguntó Harriet, curiosa.

–Es la primera vez que te veo reír desde que destrozaste el poste de la verja –encogió los hombros–. Pero es obvio que estaré aquí a veces. Si te preocupa que pueda molestarte con el tema de..., con cualquier tema, no hace falta.

Harriet miró a Tottie, que seguía sentada junto a la cama, e intentó analizar la reacción que esa declaración le causaba. Le resultaba familiar.

Pero Damien no se explicó. Metió la mano en el bolsillo, sacó el móvil y miró la pantalla.

–Disculpa –murmuró–. Tengo que contestar. Que duermas bien –salió y chasqueó los dedos. Tottie lo siguió. Cerró la puerta tras ellos.

Harriet apagó la luz de la mesilla. Apretó una almohada contra su pecho y examinó la sensación que había sentido momentos antes, cuando él le dijo que no pensaba molestarla.

No debería sentirse vacía y solitaria y, al mismo tiempo, irritada e inquieta. No tenía sentido. Debería sentir alivio, no ganas de llorar hasta dormirse.

Nunca funcionaría, sabía que nada podría funcionar con Damien. Pero le dolería mucho que dejara de confiar en ella, no poder comunicarse con él, perderlo.

No sabía cómo enfrentarse al dolor que sentía. Vivir en la misma casa que él, incluso si no pasaba mucho tiempo allí, desearlo, querer ser especial para él, amarlo...

Capítulo 10

TRES meses después, no quedaban sillas de ruedas ni muletas en Heathcote.

Charlie y Harriet se habían recuperado. Harriet por completo, Charlie casi. Damien Wyatt había cumplido su palabra, y apenas había pasado tiempo en Heathcote.

Pero una noche regresó a casa con la noticia de que por fin había cerrado el trato con la empresa sudafricana y necesitaba un descanso.

—Así que estaré en casa un tiempo —dijo, dejando la servilleta sobre la mesa. Llevaba un traje gris y camisa azul, pero se había quitado la corbata—. Por cierto, ese postre estaba casi a la altura de los tuyos, Harriet —añadió.

—Estaba a su altura, lo hizo ella —dijo Isabel.

—¿Y eso? —Damien miró a Harriet.

—La nueva cocinera demostró tener buenas manos para más de una cosa —dijo Charlie—. Era buena cocinera, pero cuando todos empezamos a notar que nos faltaban pequeñas cantidades de dinero..., ya sabes, al principio crees que es un error, pero empezó a ocurrir más a menudo y las cantidades se hicieron mayores.

—Así que la despediste —le dijo Damien a Isabel.

—No exactamente; tiene una madre mayor a la que

mantener. Le pedí que se fuera. No he encontrado sustituta aún, así que Harriet, amablemente, la está sustituyendo de momento.

–¿Qué haríamos sin Harriet? –murmuró Damien–. ¿Qué será lo que tiene Heathcote para atraer a pirómanos y ladronas?

–El último no era pirómano –arguyó Isabel–. Solo descuidado.

–Bueno, gracias, Harriet –Damien apartó su silla–. ¿Podrías concederme unos minutos, después? Estaré arriba, en mi despacho.

Isabel dijo que se encargaría de los platos, y Harriet volvió al piso. Había insistido en dejar la casa en cuanto recuperó la movilidad.

Sus sentimientos, tres meses después y tras recibir la orden de ir a ver a Damien a su guarida, eran difíciles de definir.

Había hablado casi como si ella hubiera hecho lo imposible para hacerse indispensable para la familia Wyatt; como si tuviera una agenda secreta para aprovecharse de la situación.

Si era sincera, los últimos tres meses habían sido casi una tortura para ella. Cuando él estaba en casa, utilizaba toda su fuerza de voluntad para comportarse con normalidad en su presencia. Cuando no estaba, necesitaba toda su fuerza de voluntad para no hacer las maletas y huir. Pero lo último habría implicado dejar no solo a Brett, sino también a Charlie.

Otro asunto incómodo eran los cuadros. Su estimación de que tardaría un mes en limpiarlos había sido optimista. Incluso si hubiera trabajado sin descanso, como con la colección de su madre, habría tardado más de un mes.

Pero intentar mantener a Charlie ocupado la había retrasado mucho, hasta que había tenido una idea genial: presentar a Charlie a Brett. Habían hecho buenas migas desde el primer momento.

Además, estaba el tema de la generosa cantidad que ya había cobrado. Damien había ingresado el dinero en su cuenta sin consultarla.

En consecuencia, se sentía obligada a terminar el trabajo o devolverle el dinero. Pero Brett aún necesitaba tratamiento.

Mientras se ponía una rebeca azul, pensó que todo eso era mínimo si lo comparaba con el caos interno que había experimentado las noches a solas cuando él estaba a unos metros de distancia. Y las noches a solas cuando no sabía dónde estaba, ni con quién.

El estremecimiento que sentía cada vez que pasaba por el comedor y recordaba su primer encuentro y el abrazo apasionado. Recordaba su sabor, las caricias que habían encendido una llama de pasión en su interior.

Para colmo de males, Damien le había pedido que subiera a su despacho como si fuera una colegiala. A una habitación en la que no había estado desde la noche que Charlie... decidió no pensar en eso.

Cuando llegó al despacho, se quedó parada un momento para serenarse. Después, llamó y entró, seguida por Tottie.

Él estaba tras el escritorio, sobre el que había una bandeja con una cafetera y dos tazas. Era una cálida noche de primavera, las ventanas estaban abiertas y dejaban entrar la brisa salada y el sonido de las olas.

—Ah —dijo Damien—. Veo que vienes con refuerzos.

–Si no la quieres aquí...

–No me importa que esté aquí –dijo él con irritación–. Es mi perra. Siéntate.

Harriet miró a su alrededor y se quedó helada. Ya no estaba el sofá en el que habían... Paró ese pensamiento en seco. En su lugar había dos elegantes sillas tapizadas en cuero azul oscuro.

–Tú... Yo... –se volvió hacia Damien–. Nada –tragó saliva y acercó una de las sillas, pero no pudo evitar sonrojarse cuando se sentaba. Tottie se colocó a sus pies.

–¿Crees que debería haber mantenido el sofá? ¿Tal vez como una especie de recordatorio? –Damien la estudió, pensativo.

–No. Quiero decir... –su rubor se intensificó–. Era decisión tuya. ¿Para qué querías verme?

–¿Qué vamos a hacer? –preguntó él con brusquedad.

–¿Hacer? –Harriet parpadeó.

–Siento recordártelo, Harriet Livingstone, pero eso es lo mismo que dijiste antes, en circunstancias similares. El primer día que estuvimos aquí.

Ella abrió los ojos de par en par.

–Te pregunté qué íbamos a hacer y repetiste «hacer» como si nada hubiera ocurrido entre nosotros o como si no tuviera importancia –dijo él con tono salvaje.

–Tú... –le tembló la voz y, para su sorpresa, siguió hablando– te deshiciste del sofá. Como si no significara nada.

–No me deshice de él –negó Damien–. Lo trasladé a mi dormitorio, por si me asaltaban imágenes eróticas de ti durante una reunión de negocios.

Harriet parpadeó y se puso tan roja que tuvo que taparse las mejillas con las manos.

–No puedo creer que haya dicho eso.

–Tal vez tus sentimientos más profundos ganaron la partida, Harriet, no podemos seguir así. Al menos, no yo –se recostó en el sillón, y a Harriet la asombró ver lo cansado que parecía.

Abrió la boca, pero él agitó la mano para acallarla.

–No lo digas. Sé que, igual que la otra vez, te ofrecerás a irte. Bueno, ya ha pasado dos veces, pero esta vez no puedo garantizar que un poste se interponga en tu camino.

–¿Qué sugieres? Dices que no podemos seguir así, pero no quieres que me vaya.

–Cásate conmigo –dijo él tras una larga y tensa pausa–. Te he dado tres meses para recuperarte de lo de Simon Dexter y tu amiga Carol.

–No tenías que... –calló de repente–. Es decir, todavía está lo de Veronica, lo que sientes.

–No tienes ni idea de lo que siento –sus ojos destellaron burlones–. No lo sabía ni yo, así que es imposible que lo supieras tú.

–No entiendo –Harriet parpadeó con frenesí.

–Entonces, te lo diré –si inclinó hacia delante–. Ya no puedo más.

–Sigo sin entender.

–Harriet –jugueteó con un bolígrafo y luego la miró a los ojos–, ¿puedo contarte una historia?

Ella asintió.

–Desde el principio, te metiste en mi mente. ¿No te dije que por eso accedí a verte de nuevo?

–Dos meses después. No quiero ponerte pegas, pero es la verdad.

–Tienes derecho a ponerlas –hizo una mueca–. Pero, desde entonces, te instalaste en mi mente sin remedio.

Me horrorizó que siguieras conduciendo ese viejo tanque y tuve que hacer algo al respecto. No podía creer cuánto me preocupaba por ti. Cómo intentaba buscarte nuevos trabajos. No podía creer que el recuerdo de tus piernas interfiriera con mi vida sexual.

—¿Quieres decir...? —lo miró, incrédula.

—Es verdad. Tras besarte la primera vez, decidí que me había vuelto loco o que necesitaba una chica que entendiera las reglas: nada de boda. Encontré a un par, pero el problema era que tenían piernas normales.

—No me lo creo —Harriet se llevó la mano a la boca.

—Pues deberías. Por supuesto, no eran solo sus piernas. Simplemente, no sentía atracción por nadie, nadie que no fueras tú, claro.

—¿Lo dices en serio?

Él estudió sus enormes ojos atónitos.

—Nunca he hablado más en serio, ni me he sentido tan confuso en toda mi vida. Nunca me he sentido tan rechazado como la noche del accidente de Charlie, cuando tú...

—Calla —Harriet cerró los ojos—. Me sentí fatal entonces, y también la noche de su cumpleaños.

—Bien —sonó serio, pero sus ojos chispearon.

—Pero de verdad que no quería ser un cargo en tu conciencia, aún lo quiero —se mordió el labio—. Sigo sin querer serlo, quiero decir —corrigió.

—Entiendo lo que quieres decir, y no lo eres. Es algo muy distinto, y no empecé a entenderlo hasta que chocaste con el poste. Entonces, por fin, vi el cuadro completo.

—¿Qué cuadro? —ella frunció el ceño.

—El cuadro de lo que amaba. Te amaba a ti, Harriet Livingstone. Por eso me preocupabas tanto. Lo que había creído que nunca podría ocurrirme había ocurrido,

comprendí que iba a pasar el resto de mi vida preocu-
pándome por ti.

Se miraron a los ojos, y a ella le pareció que él se había puesto pálido.

—Y amándote, porque no puedo evitarlo. Todo lo demás, mis manías y rencores, pasó a otro plano y dejó de
tener importancia.

—Damien —musitó ella.

—Nada tenía poder para cambiar lo que sentía por ti.
¿Recuerdas la noche en que me dijiste que no estabas
embarazada?

Ella asintió.

—No podía creer cuánto me decepcionó.

—Pero te fuiste —Harriet lo miró con los labios entreabiertos—. Me dijiste que no me molestarías en ningún
sentido.

—Y conseguí cumplir mi palabra —torció la boca—.
Pero no olvides que ese mismo día me dijiste que serías
tonta si quisieras casarte conmigo después de cómo me
había afectado lo de Verónica. Tampoco habías tenido
tiempo para procesar la noticia sobre Simon Dexter y
tu mejor amiga. Y pensé... —calló de repente.

—¿Qué? —preguntó ella.

—Que nunca conseguiría que me creyeras —dijo, irritado—. Sobre todo después de que te dijera por qué no
podíamos plantearnos un futuro juntos. También temía
que no pudieras amarme nunca.

—¿No amarte nunca?

Él se quedó paralizado al oírla repetir la frase como
si nunca se hubiera planteado eso.

—Harriet, dijiste que eras feliz sin compromiso y
nunca, ni siquiera después de acostarte conmigo, cam-
biaste de postura, excepto al expresar cierto pesar cuando
te conté lo de Veronica.

–Damien –intervino ella–, ¿puedo contarte mi historia? Ese pesar que notaste al hablarme de Veronica, en realidad fue un torrente de comprensión. Estaba empeñada en seguir libre, me había convencido de ello; pero de repente comprendí que estaba locamente enamorada de ti, ese fue el momento más triste de mi vida.

–Me dijiste que te entristecía lo de Simon –se levantó y rodeó el escritorio con cautela.

–No –negó ella–. Sentía tristeza por Carol.

–¿Así que he estado viviendo un infierno estos meses por pura ceguera? –la atrajo hacia sus brazos.

–Yo no diría eso. Supongo que ambos teníamos nuestros demonios –puso las manos en sus antebrazos y, de repente, a ambos los consumió la pasión.

Harriet sintió que la sangre le ardía en las venas, como si el menor contacto la quemara. Pero era más que algo físico y sensual; también se sentía segura, como si hubiera llegado a casa, como si le hubieran devuelto una parte de sí misma que le había sido arrebatada.

Cuando se separaron, reía y lloraba a la vez. Eso convenció a Damien de lo profundos que eran sus sentimientos más que cualquier palabra.

–Harriet. Harriet –murmuró contra su pelo–. Está bien. Lo conseguimos. No llores.

–No puedo evitarlo. Soy muy feliz.

–Ven –la alzó en brazos.

–¿Adónde? –preguntó ella.

–Ya lo verás.

La llevó a su dormitorio, no el que habían usado sus padres ni el que había compartido con Veronica. Era otro, con un sofá contra la pared.

–¿Ves? –la dejó en el sofá y se sentó a su lado.

–No imaginas cuánto me dolió pensar que te habías librado de él –rio Harriet.

–Me encanta oír eso –sonrió él.

–¿Por qué?

–Este viejo sofá me ha traído algunos recuerdos –recorrió su cuerpo con la mirada.

–Suponía algo similar –sus ojos chispearon con humor, que no tardó en convertirse en deseo. Puso las manos en sus hombros y titubeó.

–¿Qué pasa? –él arrugó la frente.

–Otros recuerdos. La primera vez que me besaste, pensé que sabías hacer el amor a una mujer de una forma que la llevaría a excesos que no se había creído capaz de alcanzar. Tenía razón. Esa noche y este sofá me lo demostraron. Nunca me había sentido así. No me reconocía –sonrió–, aunque siempre hubiera creído que era una mujer de todo o nada.

Damien la miró largamente a los ojos.

–Harriet –dijo por fin, con voz ronca–, si sigues diciendo cosas tan incendiarias como esa, puede que nunca nos levantemos de este sofá.

Ella se rio. Después, el deseo del uno por el otro ganó la partida, en el sofá, en el suelo y, finalmente, en la cama.

–¿Te casarás conmigo? –preguntó él, cuando yacían uno en brazos del otro, saciados tras dar rienda suelta a su pasión.

–Sí –ella le pasó los dedos por el pelo.

–¿Mañana?

–Dudo que puedas organizarlo tan rápido, pero, si pudieras, lo haría –Harriet rio suavemente.

–Por otro lado, si vamos a hacerlo –reflexionó él–, más vale que lo hagamos con estilo.

–¿Crees que estoy bien? –le preguntó Harriet a Isabel, dos semanas después.

Estaba vestida y lista para su boda.

Llevaba un vestido blanco con mangas de encaje y falda abombada hasta las rodillas. Llevaba el pelo rizado y reluciente. Se miró en el espejo y suspiró.

–Estás preciosa –respondió Isabel. Había estado encantada desde que anunciaron la boda.

Harriet, sin embargo, suspiró de nuevo.

–¿Qué? –inquirió Isabel.

–Es solo que, cuando conocí a Damien, estaba hecha un desastre. La siguiente vez que nos vimos parecía una empleada de museo. Me pregunto si no prefiere verme con aspecto raro.

–Cielo, créeme, le encantará esta versión de ti tanto como las otras.

–Tú estás preciosa –dijo Harriet, admirando el traje de lino rosa de Isabel–. No sé cómo darte las gracias por todo. Has sido maravillosa.

Isabel agarró una de sus manos.

–Una vez conocí a alguien –dijo–. Pensé que era mi norte y mi sur, pero no estaba dispuesta a ocupar un segundo lugar, por detrás de su carrera. Y habría tenido que pasar mucho tiempo sola, criar a nuestros hijos casi sola y ser una especie de amante, porque estaba casado con su profesión. Así que rechacé su propuesta de matrimonio –su mirada se perdió en la distancia–. Me he arrepentido cada día de mi vida.

–¿No podrías haber hecho algo para volver a estar juntos? –inquirió Harriet.

–Cuando me di cuenta de lo que había hecho, y tardé años en hacerlo, se había casado con otra mujer. Así que –le dio una palmadita en la mano–, veros tan enamorados y casándoos, cuando temí que no ocurriera, significa mucho para mí.

–¡Ahora me has hecho llorar!

–Espera, te retocaré el maquillaje. Pero, antes, déjame hacer esto –abrazó a Harriet con cariño.

Hacía muy buen día y el jardín estaba glorioso.

Habían montado una mesa para los novios, con un mantel dorado y un maravilloso ramo de flores frescas cortadas esa mañana. Había sillas para los invitados en la pradera y un suntuoso bufé esperándolos en el porche.

Los invitados, más de los que Harriet había esperado, eran parientes y amigos íntimos de la familia. Charlie estaba allí, recuperado excepto por una leve cojera, acompañado por una guapa morena. Era el padrino del novio.

Brett Livingstone estaba allí, también andando y comprometido con su fisioterapeuta. Iba a entregar a la novia.

Tampoco faltaban Arthur y Penny Tindall.

Harriet inspiró profundamente y salió de la suite de invitados.

Brett la esperaba. Damien, a quien, siguiendo la tradición, no había visto desde el día anterior, la esperaba en la mesa con Charlie al lado.

–¿Lista? –preguntó Brett con cariño, ofreciéndole el brazo.

Ella asintió y notó algo rozar sus piernas: Tottie. Tottie con un lazo en el collar y lo que parecía una amplia sonrisa.

Poco después, Brett la dejaba junto a Damien, que estaba guapísimo y llevaba un traje oscuro.

Intercambiaron una larga mirada que hizo estremecerse a Harriet. Sospechaba que Damien siempre tendría ese efecto en ella.

–Me gusta tu vestido –sus ojos destellaron con malicia–. Temía que te pusieras algo largo.

–Yo temía que no te casaras conmigo si lo hacía –le susurró ella.

–Dios, ¿quién habla de no casarse? ¡No me digáis que os arrepentís! –susurró Charlie–. Ya estoy hecho un manojo de nervios.

–¿Por qué? –preguntaron Damien y Harriet al unísono.

–Por si pierdo los anillos, o los dejo caer, o hago alguna estupidez –se pasó el dedo por dentro del cuello de la camisa–. Esto de casarse es terrible. ¡Creo que me lo pensaré dos veces!

Harriet y Damien se rieron, y la encargada de celebrar las nupcias preguntó si podía empezar.

Pocos minutos después, Damien Richard Wyatt y Harriet Margaret Livingstone fueron declarados marido y mujer.

–Te quiero –dijo Damien, abrazando a Harriet e inclinando la cabeza para besarla.

Justo en ese momento, se oyó la aguda y penetrante voz de Penny Tindall.

–Arthur, Arthur, ¡viene el bebé! –gritó.

Ante la mirada de toda la congregación, Arthur Tindall se levantó de un salto y se desmayó.

–Era de esperar –le dijo Damien a Harriet–. ¡Se diría que somos como un imán para el caos!

Riendo, fueron a rescatar a Arthur.

–Siempre me dio pánico tener que ser yo quien ayudara a traer al bebé al mundo –dijo Arthur esa tarde, con una copa de brandy en la mano–. Fue por eso. Por eso me desmayé.

De hecho, la niña de Penny había nacido en maternidad, tras un rápido viaje en ambulancia, y madre e hija estaban muy bien.

Ella tenía poder para cambiarlo todo...

Rafaele Falcone dirigía sus empresas de automoción y su vida privada con la misma despiadada frialdad. Los sentimientos no influían en sus decisiones, y siempre exigía lo mejor, así que no dudó en pedirle a Samantha Rourke, una brillante ingeniera, que se uniera a su empresa, a pesar de que años atrás él la había abandonado.

Su sexy acento italiano todavía la hacía estremecer, pero Sam sabía que no solo era a causa del intenso deseo de sentir las manos de Rafaele sobre su cuerpo otra vez, sino porque Falcone estaba a punto de descubrir su secreto más profundo, ¡uno que cambiaría su vida por completo!

El poder del destino

Abby Green

Acepte 2 de nuestras mejores novelas de amor GRATIS

¡Y reciba un regalo sorpresa!

AROMAS DE SEDUCCIÓN

TESSA RADLEY

El marqués Rafael de las Carreras había viajado hasta Nueva Zelanda con un único propósito: vengarse de la poderosa y odiada familia Saxon y reclamar lo que le correspondía por derecho. Seducir a Caitlyn Ross, la joven y hermosa vinicultora de los Saxon, era un juego de niños para él y la manera perfecta de conseguir lo que quería.

Pero a medida que fue conociendo a Caitlyn, su encantadora mezcla de inocencia y pasión le hizo preguntarse si no sería él quien estaba siendo seducido.

Una venganza muy peligrosa

¡YA EN TU PUNTO DE VENTA!